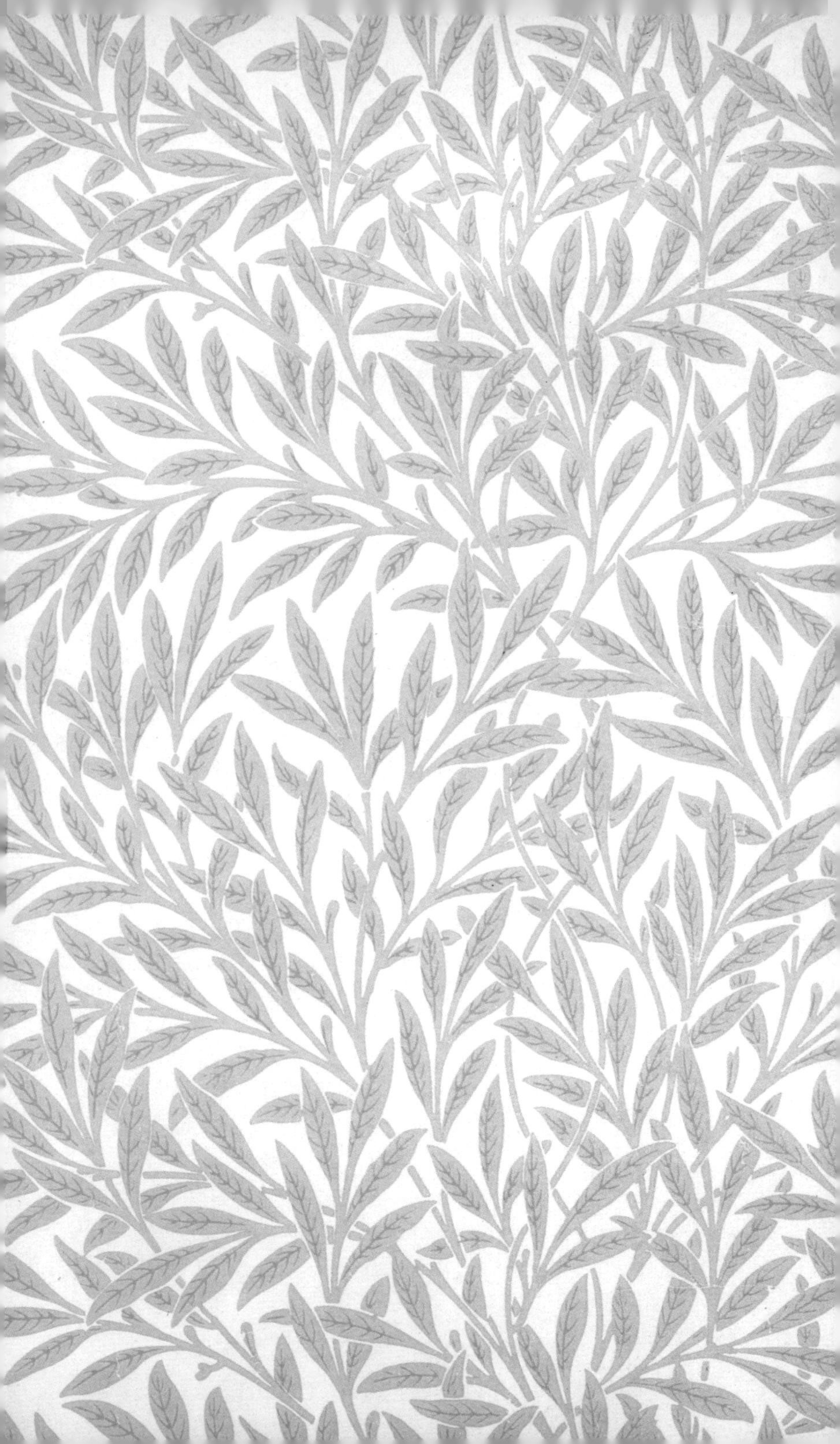

三民叢刊112

吹不散的人影

高大鵬著

三民書局印行

山風吹亂了窗紙上的松痕
吹不散我心頭人影

——胡適

自序

——雲破月來花弄影

高大鵬

這本小書的出版，對我是有特別意義的。

於公，它有幸趕上近代許多重要人物的大日子——或百週年如胡適、林語堂、熊公哲、毛澤東……或數百週年者，如莫札特、哥倫布……透過他們的風姿，可以總結出一個時代的剪影——這種「千載一時」、「風雲際會」的幸運，不是人人都有、時時都有的，可遇不可求，特別值得珍惜。

於私，這本書也記錄了我個人讀書求學的心路歷程，以及成長蛻變的雪泥鴻爪——我的恩師、我的母校、啓發過我的人與書、愛過我也為我所深愛的人與事……這些，雖然已如「春夢了無痕」般地過去了，但俯視心窗，歲月的風沙到底有它吹不散的人影，歷久彌新！

書影、人影、心影，加上許多時代典型的背影，是這四重影姿，成就了本書獨特的風姿。

而更值得一提的是，這本書出版時我正陷入死去活來的、病痛的幽谷中，落入大半年寫不出一個字的痛苦中——回首前塵，更有恍如隔世、如夢如影的感慨！由此而痛感能寫就是一種恩寵、一種幸福！

或許，這本書對我自己也是生命中一個段落的總結——總結了我前半生的筆耕生涯，同時也考驗我是否能就地爬起，重新出發！

身為一個基督徒，「神是我心裡的力量」，我確信「靠著那加給我力量的，凡事都能做」！北宋大詞人張先有名句說：「雲破月來花弄影」，相信雲破月來時，會有更多更美的花影，再度破壁而出，如潮如湧地展現在讀者面前！

一九九五年元月

目次

背影小輯

——時代的典型

書影小輯

人影小輯

心影小輯

背影小輯

——時代的典型

爲中國請命

——永懷錢賓四先生

聽到錢賓四先生過世的噩耗，正趕上亞伯颱風過境，一時風聲雨聲、如泣如訴、如怨如慕，此情此景令人不期然地想起晏同叔的句子：「滿目山河空念遠，落花風雨更傷春。」哲人其萎而壯志未酬，往者已矣而河山未靖，此時此刻我們又失去一位偉大的愛國學者，一位最雄辯的中國文化辯護士，俯仰寂天寞地，滿目花果飄零，怎不令人百感交集，黯然神傷！

賓四先生當年應邀返國講學，是我們國家的一大光榮，而他今天不能安息於素書樓故居而寥落地死在市廛，更是我們國人的一大羞恥！我們對死的國寶尚知加意維護，供奉在「故宮」深處，對活著的國寶卻不知禮敬而冷情如此，眞是人不如物、生不如死！這足以反映出我們社會人心「物化」程度的嚴重，足以反映出我們對學術價值的無知，對人文教化的不重視，又特別是對傳統文化的不珍惜。凡此種種都是當代中國之病痛所在，而一生爲治此病痛而鞠躬盡瘁的一代大師，到底還是因為這些致命的惡疾而以身相殉了！

每個中國人都應細心一讀《中國歷史精神》

紀念錢先生必然要涉及這一整個時代，至少是從清末以迄於今的近百年的中國問題，這是個極大極複雜的問題，絕不是一個中篇或短篇所能勝任的。而賓四先生固然是一位純粹的學者，但他的學問卻並不是與世無關、自拉自唱的孤芳自賞。相反的，他之對中國歷史、傳統文化發生強烈關懷，正是由於國族存亡的迫切性和危機感所激起的。在他的著作中，他多次提起他之有志於學，乃是少年時代受了梁任公一篇文章〈中國不亡論〉的刺激而引起的。在他《中國歷史精神》這一本每一個中國人都應該細心一讀的書裡，有一篇非常感人的前言，其中先生說到他年輕時是一個孤兒，未能好好進學校，而自他小時就時常聽人說中國快要滅亡了，快要被瓜分了，我們就要做印度、波蘭之續了……當時他就想到這是我們當前最大的問題。這時他讀了梁任公的〈中國不亡論〉，任公認為中國絕不會亡國，這彷彿黑暗中出現一線光明，使先生感到中國人的人生還有其意義與價值。然而整個時代的悲觀氣氛又使先生不敢相信任公的話，故此先生說：「因為希望證明梁先生這句『中國不亡』的話，才使我注意到中國的歷史。」又說：「但對梁先生中國不亡這四個字，開始在我只是一希望，隨後卻變成了信仰。我認為中國不僅不會亡，甚至我堅信我們的民族，還有其更是偉大光明的前途。」錢先生自謂此一判斷並不純然出於情感，而是經過長期研討，確有其客觀證據的，而這證據便是中國以往的歷史。因此先生說：「我幾十年來對中國歷史的研究，並不是關門研究某一學問，而是要解決我個人當身所深切感到的一個最嚴重不過的問題。今天我對中國歷史的看法，在我自己，已像是宗教般的一種信仰，只要有人肯聽我講，我一定情願講出我知道的一切！」這是賓四先生四十年前所講的話，今天聽來仍令人深深感動。必先了解先生的這一番話的心理背景，才能了解他的學術精神，也必先領略這一番話的深情大義，才能領略先生全副的人格與畢生的志業！

胡適的新文化運動重在「知新」，錢穆所重則在「溫故」

今天大陸的學者以「啓蒙與救亡」來綜合描述清末民初那一段的時代特徵——「中國快亡了」，這是當時國人最大的焦慮，從龔定庵到康有為，這個呼聲愈來愈大，而如何救亡也就成了仁人志士所共同關切的主題。此其間或經由學術思考，或經由實際行動，或兩者兼而有之，不少深思力行的人也逐漸得到「中國不亡」的信念——梁任公、嚴幾道都有此一想，而後起的胡適之也有此一想。而「中國不亡」四字卻像世間一切信仰一樣，在危疑震撼中嚴酷地試煉著每一個知識份子的心！孫中山先生彌留之際還在呼喊：「和平、奮鬥、救中國！」梁任公更說這一句遺言的力量遠勝過官方千言萬語的宣傳！足見「救亡」眞是那個時代最迫切的主題，也是最難把持的信仰！而中國亡與不亡，乃是一個古老民族如何適存於新世界新形勢和新文化的問題，也就是如何世界化與現代化的問題，因此這裡面自然就有一個如何「溫故知新」、「因革損益」的啓蒙的問題。當時一般急切的人都抱著「全變速變」的激烈態度，從康有爲到毛澤東，這一態度始終佔著優勢，從「全盤西化」到「全方位西化」，向西方求眞理，對今天大多數中國人來說，這仍是「啓蒙」的意義所在。然而舉世滔滔，眞正深入了解人性與民族性以及中國文化價值的人，都知道事情不是這樣簡單可以了斷，「潑洗澡水連孩子都一塊兒潑掉了」，這是不可欲也是不可能。眞正的啓蒙用古話說應該是所謂「溫故知新」，用洋話說就是所謂「新生」、「再生」，胡適之先生終其一生稱新文化運動爲「中國的文藝復興運動」，正是「去腐生新」、「老蚌生珠」比較「西化」的一種說法，他的工作比較著重在「知新」。而錢賓四先生所重則在「溫故」，溫故固然是爲了救亡，而其實也是一種啓蒙，因爲「知今不知古」同樣是一種蒙昧、「知彼不知己」同樣需要啓蒙。溫故知新才能夠守常達變，知已知彼，才能夠百戰百勝，如何知已、識常，如何溫故以知新，由此而啓蒙以救亡，賓四先生正是屹立這時代洪流裡試圖力挽狂瀾的偉大而堅決的鬥士！

天下很多道理就因爲太平常太淺近反而爲人所不能識不能知了，小至個人大至國族都一樣：不知已必不能眞知彼，不識常必不能眞達變，對自己的無知如同對別人的無知，對昨天的無知亦如同對今天的無知，都會給個人、給國家帶來重大的災難。最明顯的一件事，在近代中國莫過於古今中外的一知半解，所引起的名詞混淆，比如說打倒封建社會、階級社會、打倒帝國主義……而究竟封建、階級、帝國主義云云的眞實內容是什麼？今天果然還存在與否？仍是一個問題，而激進之士卻在這些名詞下把中西歷史的過程簡化了，更把雙方文化的眞相都蒙蔽了，同時也把雙方的長處都抹殺了。今天我們一翻大陸的著作，仍充斥這些名詞的迷霧，以名詞誤國、以理殺人的悲劇仍未已，則此一民族的悲劇仍不知伊於胡底。賓四先生的思想觀點我們不必一定都同意，但他探討中國傳統眞相的這一個「正名」的、「解呪」的工作，仍是極具啓發性和挑戰性的，也可能是他對中國文化最大的貢獻所在。孔子說過：「名不正則言不順，言不順則事不成，事不成則禮樂不興，禮樂不興則刑罰不中，刑罰不中則民無所措手足。」近代中國的悲劇大概有一半可以從這句話裡去尋討，而眞能夠把古今中外各種歷史名詞的內涵眞義弄清楚了，這個悲劇也可能就解決了一半！這個「正名」、「解呪」的工作今後仍要努力去作，蓋中國絕大多數的人民至今仍在禮樂不興、刑罰不中而手足無措的悲慘境地之中反覆掙扎、生死不得！

啓蒙救亡，當以讀書人來主持「正名」要務

啓蒙救亡，「正名」固是一大要務，而這一要務的主持人當以「士」爲主！這是賓四先生畢生的主張。士是傳統社會的中堅，從孔子以降直到清季，兩千年來「士」一直是中國文化挑大樑的人物。賓四先生一再強調：「士是中國社會的中心，應該有最高的人生理想，應該能負起民族國家最大的責任，更重要的，是在他們的內心修養上，應能有一副宗教精神。可說中國的士，應是一個人文宗教的宣教師，他們常要不忘記自己是半個和尚，或是雙料和尚，而不僅是一個有知識的讀書人。」半個和尚是因爲士人不能營私置產，雙料和尚是因爲他們必須兢兢於修齊治平，自任以天下之重，既要「內聖」又要「外王」，故稱「雙料」。然而這種爲公犧牲的宗教精神，這種「憂道不憂貧」、「謀道不謀食」的君子志節卻在今日惡性的功利主義和個人主義中失落了。誠如先生所說：今天中國的知識份子只接受了西方的

權利觀念，沒有接受他們的宗教精神，只講個人權利，不講仁愛與犧牲，「於是四民中少了一民──士，社會驟然失了中心！」一個沒有重心、沒有靈魂的社會根本是一個行屍走肉的社會，一個死的社會！今人尙言中產階級爲現代社會之重心，然而中產階級只能在經濟、政治上發生重心作用，而不能要求他們在人生理想、道德實踐上做出更高更大的、更具提昇性、典範性的貢獻。氓之蚩蚩、抱布貿絲，中產階級只能要求他做一個爲私的「私人」(Private man)，而不能要求他做一個爲公的「公人」(public man)，只能要求他做一個安分的小我，不能要求他做一個安人的大我。君子上達，小人下達，今天一般讀書人多以職業性的私人自居，社會也以職業人待之，「公人」之所以爲公人的「義」沒有了，社會之所以待公人的「禮」也沒有了，我們常說要建立「富而好禮」的社會遂也成了一句空話！只有憂貧不憂道的小我，沒有謀道不謀食的大我，這個社會又怎能求其上達而不下達呢？禮義都沒有了，廉恥更不必說了。因此賓四先生再三強調：「我覺得目前的中國，依然要走中國自己的路，要恢復士的精神來作社會中心的主持與領導。這輩人不該藉著民主理論來逃避自己的責任，他們還是社會的靈魂，他們應該尊孔子也如西方人敬耶穌般，應帶有一種爲公犧牲的精神。不能僅憑一套浮淺而實際是自私的政治經濟理論來掩飾其自營己私的權利營謀，來助長相互間的鬥爭情緒，他們必須有精神、有信仰，他們確還是今天中國社會的中心，責無旁貸，不該躲避！」筆者之所以不憚詳引原文，因爲它實在說中了現今中國的痛處。「士」在中國正如猶太的先知、西方的教士，而更是雙料的和尚，任重道遠，死而後已，他是要背負十字架的。然而眼見多少「讀書人」（其實是「瀆」書人）不願捨己背十字架，一心只想營私、作學「官」，那感覺眞是很沉痛的！義利之辨、公私之別、謀道與謀食的抉擇、天理與人欲的交戰，這些中國文化的大關節，旁人可以不講，若讀書人也棄之不講，這個社會除了繼續行屍走肉下去，還有什麼指望呢？

爲政者應努力做到「政治消極、學術積極」的境地

而也正如猶太的先知、西方的教士，他們的教權不屈於政權，中國士人也堅持道統要高於政統，然而這一理想卻在「政治掛帥」的權力崇拜、官迷心理下橫遭扼殺了。然而，誠如賓四先生所言「人類文化的正常狀態，應該由學術文化來領導政治」，因爲政治意志乃是「發源於人類整個學術文化的客觀的理性要求下而產生而形成」，「政治意志若脫卻文化學術之領導，則必陷於霸力的、權謀的，爲個人與黨派之私利而鬥爭」。因此賓四先生提倡一種新的人文主義的教育精神，自本自根爲傳統文化打開一條出路，來接上時代潮流，再將時代

潮流開一通道來接通中國文化，而這一責任根本不是政治性的，而必是學術性的。「新中國的政治家，若明白這一番道理，他應該儘量容讓學術之自由，應隨時接受學術界指導，這才是政治的出路，也才是中國之出路！」爲政者若看清了學術文化超過政治權力，明白了道統高於政統的道理，則不但應該率先禮賢下士，確實尊師重道，更應該明白政治的有限性而自行節制，克己復禮，努力做到「政治消極、學術積極」的境地。賓四先生指出，從中國歷史看，要求新中國之出路，只有文化積極、政治消極一條路，可以走得通。錢先生的這一深具歷史智慧的判斷，最值得深具使命感而一心想大有爲的從政者虛心地聽一聽！

或有人認爲賓四先生再三高舉士人與道統的標竿，是否有違現代民主的精神？有害民主政治的推行？事實正好相反，賓四先生在民國四十三年曾發表一篇〈對新政府的希望〉，他逕直地說：「我只盼望，新政府能眞做成一個代表民眾的政府，更勝於其是一代表眞理的政府，因爲『政府必須是代表民眾的』這句話，本身卽是至高的眞理。政府代表民眾，同時卽以代表眞理，此謂兩得之，若政府自認是站在眞理立場上，而寧願違離了民眾，如是，則它不僅違離了民眾，且已違離了眞理，是謂兩失之。」儒家所謂「天視自我民視，天聽自我民聽」，天且如此，何況政府？儒家主張「民之所好好之，民之所惡惡之」，道家主張「聖人無心，以眾人之心爲心」，這就是無爲而無不爲的大政治家了！在這一點上，賓四先生肯定了儒道二家的政治理念，同時反對法家的偏執自是，不恤民意。他說：「法家的意態，似乎像一朝權在手，便可獨行己是，不再顧慮到民眾之從違。」他們自以為站在「眞理」的一邊了，自己代表了「眞理」了，同時便生起了傲心，顯出了剛愎，而事實上他離開了民眾就是離開了眞理，離開了人性人道而高談「眞理」，終不免鬧出像王安石、張居正一樣的悲劇下場。戴震所謂「以理殺人」，劉鶚所謂「清官可怕」，西方人堅持「政教分離」，這都是幾千年來最沉痛的歷史經驗下，用血淚所凝成的歷史教訓，而民主思想、民主政治正是從這一沉痛的歷史經驗和血淚的歷史教訓下所鑄成的歷史結論。

早年對政治制度深謀遠慮，晚年多談人生修養

行道尊於主政、做人重於做事、公理本於民意、施政根於人性，由此錢先生認為政府只可自居為「護法」，不可自居為「主教」，學校尊嚴，當超於政治之上。民主時代的政治家不能再有「作之君、作之師」的妄想，更不能根據此一妄想而妄想「大有為」，「地獄的路常是由善意舖成的」，「學於眾人者斯為聖人」，從政者宜當以學習者自居而不宜以指導者自居！這是西方民主的根本精神，也是傳統儒家一貫的主張，在這一點上，儒家的民本思想實

與現代民主有一脈相通之處。賓四先生說：「追求民主精神之實現，必使人道大統下行而不上湊，必使教權尊於治權，道統尊於政統、禮治尊於法治，此卽中國儒家陳義，所由爲傳統文化之主幹，亦卽中國傳統政制精義所在。」先生晚歲論著多談人生修養的「內聖」之學，轉使人忽略了他早年對政治制度的眞知灼見和深謀遠慮。比如他的《中國歷代政治得失》、《政學私言》等書，不但從事制度史研究的學者不可錯過，特別對從政者更有參考的價值，不可不讀。尤其是抗戰期間，先生蒿目時艱，發爲讜論，從中國傳統的政治文化的大本大原來針對時弊、借箸代籌，不但對當時有對症之效，卽使在今天依然有防腐消毒、興利除弊之功，其中有許多具體的建議卽在今後中國依然切實可行，比如書中的〈中國傳統政治與五權憲法〉、〈選舉與考試〉、〈論元首制度〉、〈中國傳統教育精神與教育制度〉、〈法治新詮〉、〈政治家與政治風度〉……等等，對於從事政教及關心政教者都有莫大的啓示作用。

現代學術分科太細，一般文史出身的學者多不復議政，而社會大眾也不再以政事請教於人文學者，致使人文學者對政治不再有發言權。然而專治政治的學者又多與中國歷史與學術太隔閡，一旦發言議政，多只能在技術層面討論，而不能自本自根，有體有用，往往失去了人文精神，脫離了歷史文化的命脈。人文學者不問政，問政者缺少人文素養，這是社會國家的隱憂，也是政治文化的痼疾。賓四先生說近代國人昧失了自己傳統的歷史觀，不再看重人心天理，以及人文本位之一切道義，而只在別人家的勢利上著眼，這是走錯了方向！這是最大的盲點！

然而基於對天理人心親切的體認，對歷史智慧深刻的了解，賓四先生對中國的前途仍是樂觀的。他始終確信「共產主義決然失敗，中國民族決然有前途，中國文化決然在將來世界人類新文化創進中佔有重要地位——一切待吾人之信心與智慧與努力來促其實現」，十多年前的預言，今天已經應驗了一部份，看汹湧澎湃的「蘇東波」已經衝破了共產主義的銅牆鐵幕，先生身經目擊也當含笑於天上了吧！

一個永遠令人懷念的中國文化辯護士

「中國不亡，是無天理」，賓四先生從幼至老，畢生與這句話抗爭搏鬥，這一番艱苦卓絕的長期抗戰激發出他滿腔的心血和等身的著作。賓四先生在晚年回憶此事時曾說：「若有天理，中國人貧了弱了，卻不該不許他和其他民族並存於此天地間。我因此常想從中國社會中國歷史上，多尋求些中國人的長處好處，好憑來向天理做抗議，要爲我國家民族仍該存在於此天地間發出些正義的呼聲。我雖自認我知識貧薄、學問簡陋、呼聲微弱，但我幼小時便已坦白地直從內心認我是一中國人，要爲中國人抱不平，爭生存，縱或於理有虧，究是於情無違。我此六七十年來，常珍貴我此一番幼小心靈，認爲無愧無怍；仰天之高，俯地之厚，茫茫人海，我以一中國人身份，總該有以自豪！」這一番話生動勾勒出賓四先生的全身小像，勾勒出一個至情至性的愛國學者，一個永遠令人懷念的中國文化辯護士。如今先生在狂風暴雨中離開了他至愛的國家，離開了永遠敬愛他的我們，從此再也聽不見他向天理做抗議的沙啞嗓音了，但是他正義的呼聲將穿過一切時代的風暴，深深迴響在每一個有中國人的地方……

「孤兒」胡適與中國文藝復興

僅僅一海之隔，五四，在海峽兩岸卻有兩個不同的名字，在彼岸，他被稱爲「青年節」，在此間則叫他「文藝節」。「青年節」的政治意味濃，「文藝節」的文化氣息重。究竟怎麼稱呼五四才切題呢？現在一般史家都認爲：狹義的五四是指民國八年的那場愛國學潮，廣義的五四則是指五四前後與它相因果的新思潮新文化運動，因此兩種稱呼都有根據。如果我們還不滿意，一定要起古人於地下，問一問這個運動的當事人，特別是它的中心人物，他們的答覆可能比較偏向「文藝」這一邊，至少像胡適之、傅斯年他們北大師生，會比較支持把五四稱爲文藝節的這一歷史定位。

胡適希望將五四稱爲中國文藝復興運動

傅斯年在民國三十九年就英年早逝了，我們無法聽到他對「文藝節」的看法，但他的老師兼老友胡適，卻曾多次應邀到文藝協會發表演講，親口談到他對五四新文化運動的看法。其中最清楚的一次，是在民國四十七年（他過世前三年）五月四日文藝節八週年那天的演講，講題就叫「中國文藝復興運動」，演講錄音至今猶存，可以覆按。講話中他明白說：

「對於這個運動有許多名稱：有人叫文學革命，也叫新文化思想運動，也叫做新思潮運動。不過我個人倒希望，在歷史上，四十多年來的運動，叫它做『中國文藝復興運動』。多年來在國外有人請我講演，提起這個四十年前所發生的運動，我總是用 Chinese Renaissance 這個名詞——中國文藝復興運動。Renaissance 這個字就是再生，等於一個人害病死了再重新更生，更生運動再生運動，在西洋歷史上，叫做文藝復興運動。」這段話明顯表示出，晚年的胡適看重五四的文化性超過它的政治性，而在文化方面又看重它的「復興」的一面超過它的「革命」的一面。兩年後（民國四十九年），他在美國華盛頓大學演講「中國傳統與將來」，更重新強調：「中國的文藝復興已經漸漸成了一件事實了……」這是他過世前不到兩年的談話，足可視爲他的「晚年定論」了！比照他返國前所作的「口述自傳」，也亟稱五四變成一次不幸的政治干擾。由此可見，五四新文化的主角胡適，他本人對五四的看法是站在文化這一邊，而且把它定位在「文藝復興」上面。這樣看來，「文藝節」確乎是比較接近胡適本人心願的一個名字。

而今「五四」過去七十二年了，胡適也過世二十八年了，去年國內熱熱鬧鬧給他慶祝的其實是他的百齡虛歲，今年才是他十足的百歲冥誕。我生也晚，平生沒有見過胡適一面，但我們這一代用白話文思考、寫作的後生晚輩，沒有一個不受他無窮的啓發，無窮的恩惠。四十年來世運的消長，確實是步步都照著他所預言的往自由民主的方向走，對於他的高識遠見，更是由衷的佩服！仰慕之情可謂與年俱增。猶記二十歲那年曾立志爲他寫傳，爲此有一夜竟「夢見胡公」！但見他笑容可掬，恍若平生，殷殷相許，至於再三！我是什麼人？竟能承他這夢中一笑！辛稼軒有詞曰：「老來曾識淵明，夢中一見參差是。覺來幽恨，停觴不御，欲歌還止！」（〈水龍吟〉），而我，卻是在還不太曉事的懵懂早歲，「夢中一笑參差是」地結識了胡公！豈料一夢二十年過去了，二十年後，因著似偶然非偶然的種種機緣，我眞正做起胡適的研究來了，當年夢中的「一笑緣」，在他百歲冥誕時居然夢一般的實現了！

這半年來，每天青燈黃卷、廢寢忘食地沉浸在胡適的有關資料中，穿過百年中國滄桑，和交織在這滄桑血淚中胡家三代的故事裡，我慢慢覺悟到胡適何以成爲胡適，又何以成爲現代中國的「文藝復興之父」，儘管當代學者都寧願稱五四爲啓蒙運動，稱他爲啓蒙人物，但他本人則愈老愈認同「文藝復興」這個概念。個中的道理，不從他特殊的家世背景、心理背景去「明查暗訪」，是沒有辦法用「純粹理性」去弄明白的。不錯，胡適是非常理性的人，足當「啓蒙大師」之名。然而，我細玩他的詩、傾聽他的演講，實在感覺他是個熱情的人，可以說是熱情如火！而且是把革命之火，時時要放出燒天的烈焰！但他另有一份偉大的力量把火焰化成了光線，像經過高壓淬煉的金剛鑽，最強烈的火變成最明亮最透徹的光了！然而這光源本是火焰，這理智本來是感情，這是一股極強大之生命力的一體兩面。研究他一生的志業，固然少不了「理性」的解析，但是理性後面的感情，意識底下的潛意識，同樣有不可忽略的重要性！胡適自壽詩說：「種種從前，都成今我」、「要怎麼收穫，先那麼栽」，不去爬梳他的「種種從前」，不去挖掘栽在地底下的盤根錯節，對於胡適貌似矛盾的種種作爲，是無法明其所以而探其底蘊的。

歷史上文藝運動領導人，和胡適一樣多是孤兒

誠如胡適所認定的，五四新文化運動是一次文藝復興運動，而且是中國歷史上好幾次文藝復興運動的一個部份、一個階段，這個看法，他大約從四十歲前後已經持定而到死沒有改變，且有「老而彌堅」之勢。但是漫長的三四十年間，精細如他卻忽略了一件大事：那就是，在他所認定的這許多次文藝復興運動裡面，其發起人、領導者幾乎和他一樣，多是孤

兒！唐代古文運動的韓愈、宋代繼起的歐陽修、開一代新儒風的范仲淹、理學的先驅周敦頤、張載……每一次扭轉時代、開創風氣的都是沒有父親的孤兒，如果連更早的先秦時代也算上——那位一心想復興周文的孔子是孤兒、一心想光大孔學的孟子也是孤兒！縱觀兩千五百年來的中國史——從孔子到胡適，其間起承轉合的重要關鍵都是由孤兒來發起、推動，這一「巧合」，卻爲胡適本人所忽略了！爲什麼？或許這就是所謂「不識廬山眞面目，只緣身在此山中」的盲點所致吧！

「孤兒胡適與文藝復興」——我以爲要從這個特別的角度才能深入了解何以他這麼偏愛「文藝復興」這個概念，這樣認同「文藝復興」這個運動。雖然他本人並沒有注意到孤兒與文藝復興的關係，後來也沒有人指出這一點來，但是這一點，卻是解開「胡適之謎」所絕不可忽略的一個重點。爲什麼胡適認同「文藝復興」超過「文學革命」？爲什麼「文藝復興」和孤兒關係如此密切？這眞是一個意味深長的問題。爲了報答胡公夢中的一笑，我就不揣譾陋來嘗試解答這個問題！

在民國四十七年文藝協會的那次演講中，已經多少透露出他之所以偏愛「文藝復興」這個名稱的「玄機」，他說：「Renaissance 這個字就是再生，等於一個人害病死了再重新更生，更生運動再生運動，在西洋歷史上，叫做文藝復興。」——這「死而再生」的話頭，他的著作和演講中時常可見，是了解「胡適之謎」的一個關鍵詞。固然五四人物中最早提出「文藝復興」這個名詞的是民國七年北大「新潮社」一群學生——主要是傅斯年、羅家倫和徐彥之，把它定爲刊物的名稱，當時身爲顧問的胡適深以爲然，民國二十年以後就經常使用這個名詞了——因爲他認定中國文化「死了」，必須復活，而復活過來的正是它的正宗——白話文、人文主義、理性主義……這才是活的文學、人的文化！孔孟要復興的是這個，韓愈、歐陽修、范仲淹還有一批理學家、樸學家們要復興的都是這個，而胡適所要復興的，當然更是這個。但問題是，分明是一場「文學革命」，何以寧願說成「文藝復興」？事情的玄機就在這裡面了！

近代心理學家都指出，一個人必須要經過認同危機和整合危機才能完成個人人格的發展。對於男孩子，父親自然是他最初也最重要的認同對象，「父親追求」也就成爲他一生最執著的追求。然而，對於一個自幼喪父的男孩，認同危機卻特別嚴重，整合的需要也特別強烈，若往好處發展，這種人往往以完人（在西方是基督，在中國就是聖賢）爲認同對象，而以全民族或全人類爲整合的幅度，我們所熟悉的「天倫歌」裡所歌詠的正是這麼一種補償心理的昇華境界。這一境界在西方產生了文藝復興的靈魂人物——達文西，在中國則產生了孔、孟、韓愈、歐陽修、范仲淹、周敦頤、張載、胡適這些「文藝復興」級的大師。

四歲喪父的痛苦記憶、危機意識成就文藝復興

和歐陽修一樣，胡適也是在四歲左右喪父的。而四歲，根據心理學家阿德勒 Afred Adler 的說法，一個人的基本的人生態度就初步定型了（他稱之爲原型），因此這段期間所發生的大事，足以影響他一生的人生觀、世界觀。胡適在《四十自述》裡提到四歲喪父的記憶（這是他最早的記憶，最具有心理學上的重要性），他說：「這時候我只有三歲零八個月。我彷彿記得我父親死信到家時，我母親正在家中老屋的前堂，她坐在房門口的椅子上。她聽見讀信人讀到我父親的死信，身子往後一倒，連椅子倒在門檻上，東邊房門的珍伯母也放聲大哭起來，一時滿屋子都是哭聲，我只覺得天地都翻覆了！……」對於一個四歲不到的小孩子，這人生第一個印象是何等悲慘可怕！可以說他的生始於父親的死，他的世界建立在一個危機、一個困境、一個問題上面！孤弱如他，要怎樣來應付呢？我們試爲這個受驚的小男孩設想，他深心的願望很可能是：死去的父親必須復活、倒下的母親必須扶起，滿屋子哭聲必須變成笑聲，翻覆的世界必須重新定位——而，這正是胡適畢生所致力、所成就的大事！「五四」以後，他努力使父親所代表的正宗文化（孔孟程朱的人文理性主義）復興了，母親

所代表的弱勢文化（白話文、舊小說等等）扶起了；哭聲停止了——他那「不可救藥的樂觀主義」給老大中國帶來自由民主的笑聲；世界定位了——他以「價值重估」爲底子的新文化運動播下了「再造文明」的種子。這一切加起來，正是他念茲在茲、愈老愈愛的所謂「中國文藝復興運動」！誰想到這影響中國千秋萬世的巨大的文化運動，竟開始於一個四歲孤兒的天倫夢想！二十年後，他終於把那個充滿了哭聲的悲慘世界翻過來了！這就是爲什麼他看起來既是叛逆、又是嚮導，既是革命、又是復興！這「胡適之謎」不從孤兒的心理去探索是參不透的！而這也正是爲什麼說胡適在解釋文藝復興「好比一個人害病死了再重新更生」這一段話裡有玄機的意思了。

詳考胡適一生的行事爲人，細審他全部的言論著述，都可以感覺到在他身上同時有一份強大的熱情和壓抑，而我愈深入探索愈感覺這是一份孤兒寡婦所特有的熱情和壓抑。到最後，硬是把「文學（化）革命」壓成了「文藝復興」！在他四十歲以前還喜歡說「文學革命」，四十歲以後則改口說「文藝復興」了！胡適的晚年，就像莎翁的晚年一樣，出現了一種「和解」reconciliation 的異彩，而我們不要忘記，莎翁正是文藝復興的靈魂人物之一！他的封筆之作《暴風雨》中，有一段王子詠亡父的詩云：「彼無毫毛損，海濤變化之，從此更神奇！」這是典型文藝復興的精神，是孤兒王子，也是孤兒胡適最早的夢想、最終的希望！他所夢想的現代中國，正是在經歷了西潮的大變化後，不但不死反而更加神奇了的一種復興！

無疑地，孤兒胡適是把父親認同投射到整個國家民族上去了！正像孔孟韓歐一樣，對斯文的存亡有一份切身的認同之感。這些孤兒幸有了不起的賢母，以無比的慈愛堅定了他們對人的基本信賴，而培養出一份淑世樂觀的精神，不但不因喪父而懷憂喪志，母親的諄諄教誨反而爲他們保存了父親最完美神聖的形象，這形象終身鞭策他們、引導他們，終於把「生不逢辰」的孤兒變成了「聖之時者」，甚至變成了「文藝復興之父」！我們考察胡適的一生，就會發現，他所受父親胡傳的影響是遠超過杜威、赫胥黎這一輩「科學主義」者的！他所受母親的影響也遠超過穆勒、艾克頓這一些自由主義者的！而且愈到晚年，雙親的影響愈是顯露出來。在「口述自傳」中胡適自承父親影響他的是「遺傳和理學遺風」，在《四十自述》裡他說母親給他極大的影響是容忍與好脾氣。父母的結合是因爲母親想幫助臉上被刺了「太平天國」四個藍字的老父完成重建家屋的夢想，下嫁給比自己大三十二歲的「官人」胡傳作塡房。而無獨有偶的是，胡傳則是因洪楊之亂而喪妻，並且爲重建被太平軍摧毀的祠堂而犧牲了十二年的功名學業——這一對「老少配」的背後，都有一個重建家園、重修祠堂的夢想——這個夢想就是胡適生命的起點！試看胡適一生的作爲，豈不正是他父母夢想的放大，要在固有的根基上，重建更大更講究的新屋！後來他把抗戰定位在保衞文化價值上，把反共定位在維護生活方式上，亦如同乃父在九死一生的逃難路上仍不忘修宗祠修族譜，只不過到了胡適手上，他爲中國的文學和哲學甚至宗教作了典範性的歷史，眞可謂「青出於藍」、「無忝所生」了！而胡適一生不喜歡太平天國，蓋胡氏一族在亂事中十死七八，連帶對太平軍的招牌基督教也終不易認同。他一生師事杜威，但杜威信仰基督教，他可是連上教堂證個婚都不肯去的！我說胡傳的影響超過杜威，這就是其中一項。

以理智配合自然演變而非暴力激進的革命

胡適對父親的孺慕之情是終身以之，並且壓抑得很深。他少年時寫過一首〈棄父行〉詩痛罵天下不孝父親的人。到了三十四歲又寫詩羨慕高夢旦父子情深，令他「淚在眼裡，妒在心裡」，這時的胡適早已「暴得大名」，譽滿天下了！雖然如此，他在國內外演講中仍不時提到他父親的小故事，甚至用它來解釋杜威的實驗哲學。胡傳在東北時曾帶隊考察，有一回在森林大雪中迷路，被困三日不得出。糧盡援絕，他忽然想到古書上說循山澗而下可以找到出路，終於藉此脫險。胡適在自傳在著作在演說中時常提到這件事，足見這事在他幼年時代留下極深刻的印象，森林大雪、循澗出困，這是人生的一種「原型」，而他父親正是率隊出困的英雄。如何出困呢？憑著經驗和理智，順著自然之道找到出路。而非靠著禱告或愚勇，或違背自然來打出一條血路——綜觀胡適的一生，他所做的也是以理智實驗配合自然演化，作一點一滴的改革進步，既非義和團式的愚勇，也非暴力激進的革命，這，正是胡適在中國近代史上所扮演的角色。整個看來，他也是帶領老大中國，循著涓滴細流走出雪夜森林的一個理性的英雄！但如果當年胡傳出困是靠著信仰和禱告，胡適或者就變成像紐曼主教Cardinal Newman一樣的紅衣主教？而不是啓蒙大師胡適之了！

胡適在對美演講〈抗戰也是要保衛一種文化方式〉中，又提到胡傳另一個故事，就是胡傳手稿中所記張載的一句話：「爲學要在不疑處有疑才是進步！」這個小故事出現在大戰的演講中眞是有些不搭調，但深情所至，他渾然不覺！他常說是赫胥黎教他懷疑，其實胡傳的影響可能更有決定性。胡適在美留學時，女友韋廉斯已經告訴他西方學界並不完全肯定「進化論」和赫胥黎的說法，因爲證據並不充足，當時胡適也深表同意，並深深感慨國人太迷信權威。然而他本人一輩子都不放棄「存疑論」的立場，因爲「爲學要疑」是他的家傳，他父親自小教他的「原學詩」就是自然主義的生化論——這些根深柢固、先入爲主，不是後天的學習所能動搖的了！所以我說胡傳對他的影響比赫胥黎更深遠，正像比杜威更深情是一樣證據確鑿的！

「為學當在不疑處有疑，待人當在有疑處不疑」，這是胡適頂有名的一對格言。何以治學要疑，待人卻要不疑？這應該要感謝他有一位賢德的母親——她給了他完全的愛，她二十三歲守寡，守寡二十三年，艱苦備嘗，只為這一點骨血！《四十自述》裡敍述這位寡母含辛茹苦之情眞是一字一淚，感人之深還超過了李密的〈陳情表〉。心理學家艾力克森 E. H. Erikson 指出，自幼得到母親完全愛的孩子，對人常有一種基本的信任，終身保有「靈魂的童貞」，容易走上樂觀淑世的路子，且願為原始信仰奮鬥到底——胡適正是最好的一個例子！二十歲那年，他在美國留學，看見美國硬幣上都刻著「我們相信神」IN God We Trust 的字樣，深為祖國同胞為了察驗錢幣的眞假而「咬牙切齒」的醜態感到羞恥！多年後他建議不妨把國幣都刻上「我們相信人」的銘文，In Man We Trust 這種對「人」的信心，是他樂觀主義的來源，也是他磁性人格的來源！肯定人性、發展人性，也正是文藝復興把世界由中古帶向現代的最重要的一大步！如果胡適沒有這麼好的寡母、胡適享受不到完全的母愛，他對人建立不起基本信賴，說不定中國的文藝復興就要大大走樣，甚至不能復興了！我們身處自由世界不覺得胡適這兩句格言有什麼不得了，但我們看一看共產世界，他們對大可存疑的馬列主義信之不疑，成了宗教，對不該猜疑的人性卻一味疑忌，大搞鬥爭，搞成四五十年來這個鬼氣森森、陰風慘慘的局面，回過頭來再想想胡適這兩句話：「為學當在不疑處有疑，待人當在有疑處不疑」，豈不是渡世的金筏、救命的仙丹嗎？今人常說我們要超越胡適，話是不錯，但要修到他這種「仙風道骨」，眞是談何容易！

「容忍比自由還重要」胡母對他具有決定性

胡適晚年最強調「容忍」，臨死前兩個禮拜還給特別護士徐秋皎小姐題字：「容忍比自由還重要！」容忍異己實在是自由主義的精義，也是文明人最高的美德。胡適對容忍的體會固然有他西方學術的背景，但他母親的容忍可能對他更有決定性。他在自傳中常說「吾母最能容忍」，孤兒寡婦又兼後母，長年寄人籬下，胡母離「百忍堂」的境界殆無多讓！胡適自小看到容忍如何維繫一個複雜的大家庭，及長更體會到一個多元社會非容忍不能發展，當時包括殷海光、朱文伯在內許多人不十分贊同他這容忍哲學，但是今天大陸上的學人最佩服他的正是這個容忍哲學。大陸出來的殷鼎先生就說當他離開封閉惡鬥的大陸社會，來到開放的西方民主國家，才「第一次感到胡適身體力行的寬容精神，是與現代民主社會合拍的。胡適提倡的理性妥協，爭取各階層合作的態度，是現代社會民主運作所必須的，難怪大陸容不下他！」（見〈難得的人〉）其實對於容忍異己，互相妥協，我們這裡也才剛起步——看看國會殿堂那份熱鬧勁兒，你會發現自由中國距離自由主義開路人的胡適還有很長一段路呢！

四歲喪父的胡適，孤兒寡母相依為命，人生對他始終是一個「三缺一」的遺憾，這遺憾之感到老未能消除，因此他非常看重最早三年他父母俱存的那個「神聖的團居生活」，他的下意識裡也無時不希望再恢復這個神聖的團聚。下意識裡要仿同父親來安慰母親，又要反抗命運來安身立命，這樣一來就使得他以「更生」作為「反抗」的方式，以「復興」轉化了「革命」的衝動——他所謂「等於一個人害病死了再重新更生、更生再生就叫文藝復興」——其玄機就在此。他沒有「仇父」意識，卻有「戀母」情結，只算半個「伊迪帕斯」！因此比較不認同革命，而認同復興。他分明是「為民盜火」的普羅米修斯，卻又對那個火苗來源的古老傳統有一份不忍之心，因此他寧願被釘在歷史的斷崖上忍受風吹雨打日曬鷹啄！這就造就了蔣公所謂「新文化中舊道德的楷模，舊倫理中新思想的師表」——這過去與將來、新與舊的團契是他所放不下的——父親的影子、母親的慈容、外公臉上的刺青、永不能團圓的天倫之夢……這些血淚滄桑長久積壓在天涯孤兒的心裡，遂激發出「文藝復興」這一個奇異的呼聲！仔細聽，這裡面有一個民族掙扎求存求變求翻身的呼號，更有一對孤兒寡婦天倫夢斷、夢想團圓的悲聲！當他演講〈我們必須選擇我們的方向〉、〈中國文藝復興運動〉時，面對風雨飄搖中的國運和流離失所的萬千同胞，他不啻是從自己艱困的心路歷程中爲整個國家摸索出一條歷史的出路，也不啻是擴大地重演了父親胡傳當年，在那個雪夜森林裡尋源覓流、率眾出困的英雄史詩！

個人克服危機的歷程爲彷徨民族找到出路

對人的敢信，對知的敢疑，對異己的容忍，這是西方文藝復興、宗教改革和啓蒙運動所留下來的好的傳統，胡適以最簡明的格言道盡其中底蘊，並且以最親和的人格立下了確乎不拔的活的示範——這固然得自他的好學深思，高才卓識，但也不能不歸功於他有特殊的身世和了不起的雙親，因此，「文藝復興」對於他，一方面是理智的研判，一方面也是情感的認同，任捨其一，都不能掌握「文藝復興」對胡適的全幅意義。三十三年後再重聽這位「中國文藝復興之父」在中國文藝協會演講〈中國文藝復興運動〉，從他溫柔敦厚卻又激昂慷慨、高潮起伏的音調中，我更深切感受到那一份飛沙走石、排山倒海的熱情，在他個人生命裡，乃至在整個民族生命裡所起的作用是何其的驚人，何其的偉大！

另外一位「文藝復興」的先行者——孟子曾經說過：「人之有德慧術智者，恒存乎疢疾，獨孤臣孽子，其操心也危、其慮患也深，故達！」孤兒胡適，正如同孤兒孔丘、孟軻、韓愈、范仲淹、歐陽修、周敦頤、張載……他們都以其個人克服認同危機和整合危機的心路歷程，爲正在歧路彷徨的整個民族找到了出路，胡適也不例外地屬於這個譜系。因此他以孤兒的赤子之心和孺慕之情終身嚮往「文藝復興」，而又將新的文藝復興認同於老的文藝復興，並且把它定位在整個由多次文藝復興所推動的歷史傳統大流裡——這不是偶然的！正如同每一次文藝復興都與於孤兒之手一樣，不是偶然的！

一九九一・五・四・〈中央副刊〉

胡適和他的母親

民國以來最有名的賢母，大概就屬胡適的母親了！由於胡適那篇極感人的〈我的母親〉被收入國中課本裡，胡適的母親在此間，遂成爲家喻戶曉的模範母親了。

我唸初中的時候沒有趕上這篇文字，因此在那個浪漫的少年時代，只知道崇拜一代文雄胡大師，對於大師之母倒沒有什麼印象。直到近三十年後親自作胡適研究，才爲這位賢母所深深吸引、大大感動！我的研究已有十多萬字，酸甜苦辣可謂一言難盡，一個總的感想就是：如果沒有這位默默犧牲的慈母，歷史上絕不會有姓胡名適的這位偉人！

「一粒麥子若是不死，永遠只是一粒，但若落在地裡死了，卻能結出千千萬萬顆子粒來！」誠如耶穌這句名言，胡母正是這樣一粒甘心落地、默默死去的麥子。我每一次看她的資料，寫到她的生平，每一次都禁不住眼淚直掉。啊！世界之大，學者之眾，有人是這樣做研究的嗎？只聽說有被自己的小說劇本詩歌感動下淚的，被嚴冷枯澀的論文感動至於下淚的，普天之下恐怕還沒有幾人吧！

胡適四歲喪父，孤兒寡母相依爲命。而「湊巧」的是，中國三千年歷史上，扭轉時代、開創風氣的關鍵性人物幾乎也都是孤兒——至聖孔子、亞聖孟子、「文起八代之衰」的韓愈、振興一代士氣和文風的范仲淹及歐陽修、理學的開山祖和先驅周敦頤、張載，一直到「文起百代之衰」的胡適，這些起承轉合、繼往開來的劃時代人物沒有一個不是孤兒，這不是很令人吃驚的發現嗎？這究竟只是巧合？還是另有更深、更有意義的原因呢？

孔孟韓歐周張他們留下來的自傳性資料不多——中國歷史上沒有「告白」（confession）的傳統，「懺悔錄」最不發達，因此無法精詳考證出其中「奧妙」之所在。不過胡適留下來的「自供狀」既多且詳，頗給後人預留了研究上的方便。我從這些浩繁的資料中大概找出三個原因，或許可以說明何以一部中國史都是由孤兒來扭轉、來開創。第一，自然是他們都有賢母（韓愈是賢嫂、老嫂比母），由於自幼喪父，得到母親完全的愛，就像飽享春暉涵煦的嘉樹，自是出落得光明俊偉、頂天立地，有斡旋宇宙之概！第二，由於沒有父親，他們自幼所認同的對象多半是母親口中被過分理想化了、聖賢化了的父親，爲了仿同父親、安慰（補償）母親，這些孤兒自己也修成了賢達之人。第三，沒有父親權威的壓力和阻礙，他們比較敢於開創革新；但也因爲無父的遺憾，他又常有「歸根復命」（落葉歸根）之想，再加上母恩似海使他們不忍決絕——如此一方面要改革一方面要復興，一旦遇到民族文化發生存亡絕續之危機的時候，他們就能以「窮則變，變則通」的方式，在儘量不傷害到根本命脈的前提下，給這個民族帶來新生的機運——胡適稱這個叫「文藝復興」——在原來的根柢上再重新更生，他稱呼五四新文化運動爲新的文藝復興，而韓歐理學則爲舊的文藝復興。而老年胡適一再把文藝復興定義爲「死而復活」，是我們研究孤兒心理與文藝復興之所以關係密切的關鍵所在。

孤兒寡婦是世上最可憐的人，在古代更是在人生路上走絕了、走窮了的人，因此對於怎麼樣去「窮則變、變則通」，他們是別有一番深刻體會的！這一番體會運用到民族文化上去，可就成了「文藝復興」的種子！我引用「一粒麥子落地死了，卻結出千千萬萬顆子粒來」就是這個意思！而這其中關鍵在乎那位賢母！孔孟韓歐他們暫且不表了，單以胡適來說，要不是他有那麼了不起的一位賢母，他日後絕成不了中國的「文藝復興之父」，頂多只是績溪一個茶葉店的小老板，「茶葉革命」也許有分，「文學革命」絕對輪不到他了！

孤兒寡母推動歷史文化的三個原因，在胡適和胡母身上可以找到最清楚的例證，最明白的解釋：一，母親全部的愛：這是任何讀過《四十自述》的人最不能忘記的印象！胡母馮順弟爲了成全老父重建家園大屋的「壯志」，甘心情願嫁給比自己大三十二歲的胡鐵花老先生——這已經是可怕的犧牲，可怕的愛了！果然出嫁不到七年她就守了寡，以二十三歲的青春年華守了二十三年的寡，一直到死！含辛茹苦、艱苦備嘗，只爲胡適這一點骨血！她愛胡適到什麼程度呢？她曾爲醫兒子的病眼親自用舌頭去舔！她送小兒子出遠門唸書，怕兒子難過，竟強顏歡笑、滴淚不流！胡適在美國留學時，她病得快死了，卻託人照常寄平安家書，以免兒子分心。只叫人拍了一張小照，說等兒子回國時見影如見人！這眞是可怕的犧牲、可怕的愛！胡適自小享有這麼大的愛，無形中培養了他對人的「基本信賴」，一生都保存了所謂「靈魂的童貞」，他的「不可救藥的樂觀主義」，他的最有磁性的人格（唐德剛語）、最有親和力的笑容（葉公超語）！能讓年輕的林語堂一見如觸電一般，能讓成千上萬不認識他的人爲他執紼送葬！他這對人的基本信賴，使他對中西傳統中的「人文主義」有牢不可拔的信念——「人」的文學、「人」的文化、「人」的生活！文藝復興要復興的，主要就是要「人其人」的這個「人」字！

其次，胡母口中所塑造的胡父太完美了，太偉大了，可以說是聖人加上英雄再加上包青天！老夫少妻居然情同魚水，眞是秦少游所詠的「金風玉露一相逢，便勝卻人間無數」！鐵花先生死後，順弟女士把萬般恩愛都暗暗「轉嫁」到兒子身上，連續有九年之久，小胡適天沒亮就給叫起床，眼還沒張開，就得先聽慈母一頓「晨訓」，講的都是胡父生前可歌可泣的種種作爲——比如胡父是洪楊亂中逃難殺賊的英雄，他一個人保全了胡氏一大家子人命！並且犧牲了功名學業，傾十二年之力，冒了九死一生修成了胡家的祠堂和族譜！他又如何單槍匹馬上東北闖天下，有一回在雪夜森林裡迷路三晝夜之久，由他尋溪覓流而率眾出困！還有修治黃河，開發臺灣，爲抗日、爲民主國的犧牲……等等，這些故事小胡適每天聽，其效果直如「洗腦」，是終身也沖不掉的！「聖雄」鐵花公成了胡適認同的偶像。日後的胡適服膺杜威，卻不信杜威的耶教，多少是受了洪楊之亂的負面影響。他的整理國故、再造文明，也可視爲父親修祠堂修族譜的擴大和延續。他講究一點一滴的改良，並且不時拿父親「雪夜森林，循澗出困」的故事來解釋杜威的「實驗主義」，深情所注，至於渾然不覺！放大來看，胡適在近代中國所扮演的角色，不止像那個雪夜森林裡，尋澗覓流，率領眾人，從容出困的老英雄嗎？而他以垂老之年不在美國作寓公，卻回到臺灣來爲中國的自由、民主、科學而獻身，實在也是步了他父親鐵花公決心殉臺的後塵！父親對他的影響太大了！而這份愈老愈深的影響卻是來自母親的「洗腦」！我常想，胡母之所以不辭辛苦，日日「晨訓」，一方面固然是「教子義方」，一方面恐怕也是情感的補償。當我們深愛一個人，不知不覺就會說起這個人，愈說愈愛，愈愛愈說，說著說著那死人彷彿也給說活了！對於一個年輕的寡婦，這不是全無可能的！寡母下意識裡渴望亡夫復活，孤兒下意識裡自然也就渴望亡父復活——胡適直到四十歲那年看見好友高夢旦父子談文論藝、有說有笑時，還特地寫詩說他在一旁是「淚在眼裡、妒在心裡」！這一種終身對父愛的壓抑，這一種下意識裡對親人「死而復活」的渴望，不能不說是他日後愈來愈執著於「文藝復興」的一大線索！因爲他認定：「文藝復興就好比一個人病死又復活更生了！」

最後，胡適稱他的母親是「慈母兼嚴師」，也就是兼嚴父！然而母親到底不是父親，這個嚴重的缺憾、這種被剝奪之感，很使他有一股叛逆的衝動，只是這股子衝動經常被母親硬壓下去了。比如有一回小姨媽說「天涼了」，要他加件衣裳，小胡適卻頂嘴說：「老子都不老子了，涼（娘）什麼涼！」這輕薄話正好給母親撞著，嚇得他趕緊加衣，但當晚還是受了重罰，寡母爲此氣得不住流淚發抖，小胡適跪著把淚眼都抹出病來！後來爲他舔眼就是爲了這回事！這一幅「三娘教子」的哀慘畫面，很可以看出沒了爹的孩子是如何傾向反叛，但這反叛又如何給慈母的深情硬壓了回去！又比如他十一、二歲間讀了范縝的〈無鬼論〉從此不再信鬼信神，一時興起居然想把菩薩像給砸了扔到茅坑裡去，這在鄉下實在也夠叛逆了！不想當夜酒醉受涼，母親認爲他是得罪了菩薩，硬拉他去向神像跪拜賠罪——爲了不讓母親爲難，他，一個破壞偶像的「革命先行者」，還是恭恭敬敬、行禮如儀了！由這裡面我們看出，他「革命」的衝動是如何地被母愛硬壓回去了；然而，由於渴望父親「復活」，這革命的衝動卻又巧妙而委婉地以「復興」的方式回來了，民國七年多他正式認同「文藝復興」，而這一年的冬天，也正是他母親過世的同一年的同一個冬天！儘管民國八年以後他是以領導「文學革命」成功而暴得大名，譽滿天下，然而在他光芒萬丈的背後，在他夜半無人私語之時，他的內心深處卻愈來愈傾向以「文藝復興」來代替「文學革命」的說法，這，固然有他理論上的根據，但那一輩子缺席的父親，那位「一世深恩未報」的母親，那慈繩愛索千絲萬縷的纏繞，恐怕更是剪不斷，理還亂的因緣所在吧！

孟子說的「天將降大任於斯人也……」那段話是大家熟悉的，胡適的孤兒寡母的這種組合是否也是天降大任的一種安排？他又是否達成了天降的這份大任呢？我想是的！而且是很典型的！試看他回憶最初聽見父親過世的消息時的情景——他當時才三歲零八個月，當父親死訊傳來，他看見母親連人帶椅子倒在門檻上，一時滿屋子都是哭聲，他說：「我只覺得天地都翻覆了！」四歲是心理學上認爲最重要的年紀，這時的經歷往往決定一生。我們試爲當時的小胡適設身處地的想想，他在目擊家變時的想法很可能是這樣的：爸爸必須復活、媽媽必須扶起、哭聲必須停止、天地必須重新定位。這幾點正好是胡適畢生所致力、所成就的大業——爸爸復活了，他本人就是父親放大的再版，父親所代表的「眞儒正宗」，人文、理性主義的中國根柢復興了！媽媽扶起了，他達成了慈母一切補償性的願望，並且把母親所象徵的弱勢文化——白話文、俗文學都「扶正」了!哭聲大體止住了,他以不可救藥的樂觀主義,藉著對民主科學的信念給苦難中國留下了永垂不朽的笑容!天地重新定位了——他以整理國故、再造文明為中國文化開闢了無窮的新天地!四歲的願望一一實現,弱小的嫩芽長成了參天的巨樹,而結實纍纍,而沾溉無窮了!真如《聖經》所言:「壓傷的蘆葦祂不折斷,將殘的燈火祂不吹滅」,他是對得起天降的大任,沒有辜負這個奇妙的安排!當然,更沒有辜負他那位甘心落地、默默死去的麥子一般的偉大的慈母!沒有她的犧牲就沒有胡適的成就——這位高華俊偉的「文藝復興之父」可以說就是上天為他母親樹立的一座活的永恒的貞節牌坊呢!

二十九年前,當胡適剛死的時候,他的老妻江冬秀撫屍慟哭的第一句話就是:「適之,你這一輩子算是對得起你母親了!」胡適和母親之間千絲萬縷的牽繫,都在這一句話裡說盡了!時當胡適一百整壽的今年,讓我們深深紀念這位像麥子一般甘心死去的無言的母親,正如同我們應當紀念歷史上千千萬萬像麥子一般甘心死去的那些無言的母親一樣!

一九九一・五・十一・〈聯合副刊〉

雪萊・胡適・中國情

莫札特之所以搶盡風光，他的音樂美妙絕倫固然是主要原因，但那部來得正是時候的傳記片「阿瑪迪斯」也幫了大忙，雪萊沒有這麼一部片子爲之「宣導」，即使有也缺少那麼多動人的旋律爲之配合，結果還是要輸給薩爾斯堡那位神童！加以音樂本是世界語言，沒有「文字障」，不用翻譯，凡有耳的都能聽，這就佔盡傳播上的優勢。至於詩歌，受到語言的限制大，一經迻譯，大半走味，特別像雪萊那種極富於韻律之魅力的詩，其神髓根本無法迻譯，這就注定他不能像神童兩百週年時那樣橫掃一世，風靡全球了！

然而，雪萊在中國原來並不寂寞，他是最早被「引進」中土的西方詩人之一。不但五四諸子（特別是徐志摩）對他一見鍾情；他的自由思想、解放意識、進步觀念和美的崇拜在在都令啓蒙之士大大傾心。在此之前，革命先進也早已看上他——蘇曼殊最稱個中代表，雪萊的革命熱情、反抗精神、狂飆性格，以及他對自由、平等、博愛的信念，深深激動了革命志士們的「俠骨柔腸」，自不免引以爲「同志」了！辛亥革命、五四運動基本上都有一個浪漫主義作底子，因著這個底子，雪萊和拜倫、盧梭、歌德這一輩浪漫大師遂毫無遮攔地一齊湧入中國！

其實，當浪漫詩人在中國「走紅」之時，正是他們在西方倒楣的時候，現代主義的詩人、新人文主義、新古典主義的評論家已然降了浪漫主義的半旗，意象派、現代派鉅子如龐德Ezra Pound、艾略特T. S. Eliot他們都不喜歡雪萊，他的許多代表作都被打成反面教材，濫情、飄浮、虛幻……和現代主義所要的冷、硬、酷……完全不合。主智、低調而自命世故的現代詩人最討厭的就是「俠骨柔腸」這一套，這一股對浪漫主義的大反動遂使雪萊身價跌入谷底。

儘管如此，對於尚處在「啓蒙」階段的新中國，雪萊的魅力並不稍減。不但浪漫如蘇曼殊、徐志摩喜歡他，就是比較冷肅而不浪漫的胡適也喜歡他。篤信科學、服膺理性而又以風教自持的胡適照說不該「愛上」雪萊，但學者道德家的胡適還是愛上了「浪子」雪萊！無獨有偶的是，雪萊的同鄉，當代哲學鉅子羅素和懷海德居然也都是雪萊的崇拜者、辯護者、溺愛者！聖哲愛浪子、康德愛盧梭，蓋「異性」相吸、兩極互補，自古而然！羅素憶雪萊，是他回憶錄中最深情的一段，是最道地的「柏拉圖式」的愛！他盛稱雪萊詩有「非塵世的、神性的美」，他說「是雪萊使我對世界的看法突然改變」。懷海德則盛讚雪萊富於科學性的想像力，說他對科學本質的洞察超過許多科學家，除了牛頓，幾無人可比！這兩位最嚴謹的數理哲學家如此推崇雪萊，是則終身以民主科學爲信仰的胡適之大大傾心雪萊，也就不足爲怪了！

在今天看，雪萊對民主科學的理解恐怕比龐德、艾略特他們深刻得多。龐德因支持法西斯而「失足」，艾略特後來成了保皇派而日趨保守，基本上二人都是對民主科學抱懷疑態度的。遠程地看，兩人似乎都不站在西方文化的主流中，而毋寧對「安詳的」東方有太多浪漫的憧憬！反倒是明白繼承希臘的愛知傳統、希伯萊的先知精神、文藝復興的進取思想和啓蒙運動的進步主義，以及現代文明對科學之信念的雪萊，更像典型的「西方之子」。因此以文化的綜攝性而言，英語詩人中恐怕尙無出其右者！從數理哲學和科學哲學之一代大師羅素、懷海德對他的高度評價上，很可證明雪萊確實足以代表西方文明的精神和美質，和莫札特一樣，同屬超時空的「精靈族」，是絕世出塵的純粹天才！

胡適「看上」雪萊早在留美之初，在康大選修英美文學的時候，但他究竟看上雪萊哪一點？後人很難遽下斷語。他沒有留下像羅素或懷海德那樣詳實而熱情的告白，也沒專論或詩文介紹雪萊，如徐志摩、蘇曼殊之所爲。他只譯過一首雪萊的小詩，爲這首詩他很下了些功夫，不但譯得細緻精美，竟至有些「創作」的意味了！這首詩收在他的《後嘗試集》裡，名曰〈譯薛萊的小詩〉，他是這麼譯的：

歌喉歇了，韻在心頭
紫羅蘭病了，香氣猶留
薔薇謝後，葉子還多
鋪葉成茵，留給有情人坐
你去之後，心情思常在
魂夢相依，慰此孤單的愛

詩下落款時間是民國十四年七月十一日。何以選譯這首詩？他並沒有說明，雪萊原詩名「To-」，給誰？也沒有明說，是憶前妻？還是悼孩子？或是追念濟慈？難以認定。而胡適民國十四年也經歷了不少變故。前一年他的姪子死了，爲此他在日記中有很沉痛的表示。當年三月中山先生病故，胡是最後勸他改服中藥的人；同年五月他的愛女素斐病死，給他的打擊更大！中山先生三月崩逝、女兒素斐五月病殤，這首小詩七月譯出，看來似乎和女兒的關係近些？詩中的意境婉約細膩，哽咽低迴，不像紀念轟轟烈烈的一代偉人。可惜這一時期胡適的日記留了白，後人遂無從做其考據功夫！

和雪萊原詩相比，胡適的譯詩可謂別出心裁，「青出於藍」。比如第二段，原詩只說「薔薇謝了，葉子還堆積在愛人床上」，胡適譯作：「薔薇謝了，葉子還多，鋪葉成茵，留給有情人坐」，多少婉約、低迴；多少蘊藉、體貼，只有秦七、歐九、二李、二晏才拈得出這般意境，確實超過了原作中「羅密歐與茱麗葉」式的浮豔。最後一段幾乎完全改作了。原詩是說：自君別後，你的所思和所愛依然寢息於斯；頗有柏拉圖主義之意味。思想與愛不隨思想者與愛人之消逝而消逝；後來現代詩人狄倫・湯默斯（Dylan Thomas）就用他這個意思作了出名的〈死亡亦不得統領萬方〉：And death shall Have no dominion，所謂「雖愛人死光而愛情無恙」，即似雪萊的迴響。胡的譯詩全不理會這一套哲學涵意，他擅自把原作的情感落在個人身上，所謂「夢魂相依，慰此孤單的愛」，有些鴛鴦蝴蝶味，便近乎宋詞而遠乎英詩了！雪萊原詩裡似有一縷「戀屍」的意味，近似福克納的小說〈艾蜜莉的玫瑰〉A Rose for Emily，胡適則把「香豔」的「屍味」完全洗掉了！

身爲杜威的學生、實驗主義的忠實信徒，胡適一生不愛玄學，黑格爾、柏拉圖在他看都是「前達爾文時代」的「玄學鬼」，可以存而不論的！因此他在翻譯雪萊詩的時候，自然少了那麼一份形上學的趣味。他之欣賞這首小詩，不在其中玄思理趣，而在於暗合他自己的「不朽論」——歌盡韻猶存，花謝葉還在，人雖去情思不朽，點點滴滴功不唐捐，渺渺緜緜以至無窮……這是他終身持守的人文信仰！俞曲園（俞樾）所謂「花落春猶在」，倒是近於胡公的意想。雪萊近乎柏拉圖、胡適近乎俞曲園，在胡適筆下，柏拉圖變成了俞曲園，由此也可以看出「全盤西化」之不可能！

雪萊的原詩顯然比較香豔熱情，但他本人的愛情生活則比較「抽象」，雪萊能愛全人類卻辜負了那位因他而投水自殺的髮妻！成爲他一生抹之不去的汚點。胡適不能欣賞柏拉圖式的妙愛和基督釋迦式的博愛，但他對母親、妻子、朋友、同胞之至情至性的「生死戀」，在近代幾乎沒有第二個人能比，眞是千古「情聖」！他的溫柔敦厚和「自虐」式的深情厚意，和雪萊那種叛逆性的、理念性的愛相比，更可看出中西文化傳統之差異。

胡適死時，江冬秀撫棺大哭，她衝口而出的第一句話就是：「適之，你這一生是對得起你母親了！」這話耐人尋味。胡適一生的譯詩幾乎全是悲劇性的情詩，纏綿悱惻、哀豔欲絕！哲人心中似有一份「孤單的愛」，有一個「吹不散的人影」，如春雲秋夢、縹緲徘徊。是不是爲了不違母命，我們偉大的哲人在感情上做過偉大的犧牲？這祕密只有他自己知道，或許江多秀憑她女性的敏感也曾有所覺察？「愛情的代價是痛苦，愛情的方法是要忍得住痛苦」，這是胡大師鄭重說過的格言，足證他對愛情深有體驗而不盡欲言。「薔薇謝了，葉子還多，舖葉成茵，留給有情人坐」這裡面隱藏著一份對缺憾人生的逆來順受，以及一份若有所待的未了之情。一片深婉低迴無限體貼珍惜的幽情雅懷，頗使人想起他那位苦節撫孤、爲愛犧牲的慈母的影子——而這一份諳盡人生苦味的由苦節所生的體貼，就全非西風雲雀裡的雪萊，這位精靈式的絕世天才所能深入體會的了！

胡適的遠識

今年是胡適博士一百足歲冥誕（他生於一八九一年十二月十七日），海峽兩岸這一年來都有熱烈的紀念活動。作爲五四新文化運動的先導和中國自由主義的旗手，在他百歲冥誕的今天紀念他，實在是最有意義的一個時刻。眼看共產世界的瓦解、意識形態的終結，自由民主在世界各地連連得勝，大勢所趨正一步一步印證了他的預言，胡適，就像奧國的海耶克一樣，無疑的成了我們時代的先知！

近百年來的中國誠如李鴻章所言，是遭遇了「兩千年未有之奇變」！在這波濤詭譎、錯綜複雜的國際大變動中，能夠高瞻遠矚、洞察時變，把世界潮流、歷史動向看得最清楚的，在中國只有兩個人，那就是孫中山和胡適之！中山先生在〈民報發刊詞〉裡，指出民族、民權、民生乃是一千年來西方世界之主要潮流，他的這一洞察與歸納，直到今天都仍不失其時效。而胡適先生專從自由民主科學著眼，說明這三者是文藝復興、宗教改革以來西方文化之主流，而專制極權和獨斷的教條主義只是一個小小的波折和逆流，世界終必克服這些波折而歸向自由民主的主流，這在他四十多年前所演講的〈我們必須選擇我們的方向〉裡，講得非常透闢，今天也已應驗！

胡適在對社會主義的判斷上，或不及海耶克深刻，但他在民國三十年前後，已完全放棄對社會主義的期許，承認社會主義、計畫經濟是一條「到奴役之路」，為此一覺悟，民國四十三年他曾作過鄭重的公開的懺悔。不過，對於意識形態的破斥，他是站在當時中國、甚至世界之最前線的，他早年就提出「多談問題，少談主義」，以期打破人們對教條的狂熱、對主義的執迷，這在當時有如空谷足音，少有同情。但大半個世紀過後，東西方都掙脫了意識形態的條條框框，而「忽然」都務實起來，這一務實也給冷戰帶來了結束，給世界帶來了生機，「多談問題，少談主義」竟儼然是二十一世紀的破曉曙光了！

由此可見胡適並沒有過時，在反意識形態上如此，在民主科學方面亦然。他早年就反對陳獨秀他們把民主科學擬人化（德先生、賽先生），認為這會造成偶像化和宗教化。觀乎「六四」天安門前的民主「女神」像，以及此間把民主當作鬥爭的工具，甚至為民主去燒香，足徵胡適的先見之明是過人甚遠的，今日的許多專家學者未必能及。他說科學不止是聲光化電，而是一種方法和態度，純為求知而求知——這是建立基礎科學的基本心態。他說民主不止是政治制度，更是一種生活方式——承認人人各有其價值，人人可以自由發展的生活方式，亦即個人主義的生活方式。不幸由於國人對民主科學的精義始終未能把握，遂令二者至今未能在中國生根。

胡適畢生要打破「西方文明是物質文明、東方是精神文明」的偏見，他認爲西方能駕御物質以造福人生才是精神文明，國人若不從根本上承認這一點，心理上有一個相應的轉變，則永遠不能迎頭趕上。觀乎今日國內萬教齊發、巫風大行，這種「身在現代心在古」的怪現狀，更令人痛感在現代化過程中，內在精神轉換之重要！「中體西用」是行不通的，百年前就行不通了。今天更是要絆倒自己的一條死路！

「我們必須選擇我們的方向」，必須「全心全意地世界化現代化」——把民主科學落實在生活和心態裡，這是胡適留給國人最好的忠告。

一九九一・十二・十八・〈青年副刊〉

賣花人去落花紛

——紀念夏之秋先生

對於戰後出生的中國人，抗戰，彷彿是個很遙遠的故事了，遠得像海峽那邊曾經有過的夏日雲煙，遠得像雲煙深處忽隱忽現的風之浮雕：隔著意識型態和歲月的海峽，眞像是地平線上越行越遠之旅人的背影了。

眞的，抗戰就像那個走向永恆的旅人——他，背著恆被傳說的事蹟和永被紀念的榮耀，彷彿背負著巨大雲層的銅像一般，他，緩緩沒入了正無限開展著的永恆之風景。然而，就在歷史通向永恆之多雲的天空下，他，突然喪失了頭髮、瞳孔和指甲……以及一切賴以證明其不朽之身份的證件、手銬、地圖和護照……成爲一個不可辨識的、沒有面孔之存在。屬於他的砲聲早已沉埋在歷史的潮聲和兩岸的鼾聲之中，偶爾夢囈般提到他十分光榮卻又不十分清楚之過去的種種……

戰爭是殘酷的，但比戰爭更殘酷的乃是人們對戰爭之健忘。抗戰，對上一代乃是槍林彈雨中一段生死存亡之辯證，對於這一代，乃至未來的世世代代，抗戰，卻只是史家煙斗上一縷細細沉思著的、若有若無的青煙了呢！人，要克服這種歷史的頹廢感是不容易的吧！「大江東去浪淘盡，千古風流人物」如是悠悠歌唱著興衰若夢的詩人，面對逝者如斯不捨晝夜的時間之長流，怎能不慨然興起無窮無盡無常的虛幻之感呢？當一切聲音與憤怒都消失，當一切權力與榮耀都破滅，留下來的眞實只有無邊風月、一葉扁舟和如泣如訴、如怨如慕的簫聲在歷史的峽谷中悠然迴盪……。

然則，眞正克服無常而致不朽的，正也就是這歷史峽谷中悠然迴盪著的陣陣悲歌吧！是它，永遠紀念著「公瑾當年，東坡今日」，永遠對那些魂隨水散的風流人物進行著有聲有色的打撈和不見不散之招魂！天生詩才，正乃是上天不忍見青史盡成灰的一種慈悲的安排吧！天降屈原而見證了戰國爭雄那一段山飛海立、天崩地裂的史事，藉著〈離騷〉〈九歌〉發爲女媧補天一般譎皇而冶艷之哀歌！陶潛、李杜、東坡、稼軒……也都是要爲歷史補天的一群癡人吧！而天不能補，史終成灰！惟有歌與歌者是不廢的江河！乃若女媧百煉成精的彩石一般，爲時代、爲歷史、爲無常，留下了永恆美麗且耐傳說之星座……

至於抗戰，這歷史峽谷中的一大轉折，畢竟也像三峽一般要漸漸沉入無情的江底，帶著它沿岸一切的危險和美麗，將永遠風化成供人指點的一片史蹟……長遠地看去，其能不隨歲月以沉埋的怕也只有當日許多傷逝在風中的歌聲了吧！「黃河大合唱」、「旗正飄飄」、「歌八百壯士」、「我的家在東北松花江上」……是這些熱血沸騰、排山倒海而來的浩歌，使那段可歌可泣的史事以浴火鳳凰之姿昂昂然衝出歷史的死灰而不斷盤桓在永恆的峽谷中引吭悲鳴，以歌以哭以憑弔以見證那漫隨大江流水一去不回之生死流離的山河歲月……曲終人不見，江上數峰青！未來的世代大概不會再有當年同仇敵愾的風發意氣，但美麗的歌聲如美麗的秋風，她恆觸動我們最深沉的那根心弦，而凜凜然感覺到那貫穿歷史噴薄而出的手足同胞之情是如何以震撼其整個生命的如同招魂一般之無可抗拒的魔力向他展開穿山越嶺而來的聲聲呼喚了呢！

是的，抗戰歌曲大體上就是對民族招魂之一種呼喚吧！如同「德意志安魂曲」中有對整個日耳曼靈魂之招喚，「黃河大合唱」也不啻對整個華夏遊魂所發之千古招喚哩！且聽那倒提河水滌蕩山河的偉大氣魄，抗戰勝利的凱歌實已遠遠預伏在這一片驚天地而泣鬼神的全民浩歌之中了！敢有歌吟動地哀、天遣巫陽招我魂！這些歌曲眞是唱出了神！想必連上帝在九天寶座之上也爲之深深震動了吧！然而，在這些大歌大謠之外，最早感動我的卻是一支小曲：「賣花詞」，潘國渠先生作詞、夏之秋先生譜曲的一支哀婉而激越的小歌：「先生，買一朵花吧……」「這是勝利之花，這是自由之花」「買了花，救了國家……」完全不曾經歷過抗戰烽煙的我，卻從這支小歌中感受到一個發自民族靈魂最深處的呼喚！少不更事的我爲此竟身不由已地恍然自覺和那些早已死去多時的億萬同胞心手相連地投入那一片由歷史和命運所交織而成之無限蒼茫的故國山河之風雨歲月中了……

古今寫賣花的詩詞不少，如「小樓一夜聽春雨，深巷明朝賣杏花」，這是放翁平生最甜美的句子吧！那深巷裡的賣花聲不知勾起了古今多少美麗的遐想！然而和這首閒情小詩全然不同的，「賣花詞」裡那位賣花女卻有一份不平凡的俠情！試想她彳亍在街頭賣花的小影，豈不正像風雨中飄零無告的落花？落花還似賣花人，暗隨風雨到天涯……然而，背負著風雨流浪在天涯的這位賣花女，卻因著家國之情而忘卻了自身的飄零，小我的沉哀在大我的悲痛中渾化成一聲聲勾魂懾魄的呼喚了：「先生，買一朵花吧！先生，買一朵花吧！買了花，救了國家……」如怨如慕、如泣如訴的深巷賣花聲，彷彿聲聲訴說著她凄然無告的身世，或許，她的父母兄弟俱已被鬼子殺光！或許她的故園田廬都已被戰火洗劫一空！或許她是隻身從江南流浪到蜀北的流民，或許她的稚子也都在逃難的人潮中無端失散……或許……啊！我不忍再想下去了！這個飄零如落花的女子，從她身上，我彷彿看見整個近代中國的縮影而有不盡的淚水爲她滔滔奔流了！

就在最近，在我熟唱這支曲子三十年後，有一天無意間聽見它的作曲者夏之秋先生過世的消息，三十年前激動過我的那支小歌驀地又自動吟唱在我心中，「先生，買一朵花吧！」「買了花、救了國家」……啊，這寫曲的人不久前居然還健在於世，且最近還來過臺北，而又匆匆歸去並遽然長逝的這位民族的歌者，我們竟是如此的擦肩而過，如此地緣慳一面啊！看著朋友與他合照的照片，白髮蒼顏的他和微近中年的我雖爲歲月海峽阻隔，內心卻有著歲月和海峽都不能阻隔的一片深情呢！細審他那藹然仁者之風的蒼然古貌，我有一份似曾相識的親切之感，親切如一次久別的重逢，如驀然認出那個深巷賣花的不知名的女子，看她猶自背負著五十年前的凄風苦雨，瘖瘂而落寞地投入漸漸看不清楚了的，卻仍不斷落著飛花的向晚的空中……

斯人雖已歿，千載有餘情！詩人在歲月的那一頭想必仍低吟著他心愛的「賣花詞」吧！而在我們永遠不能忘情的心底深處也有唱不完的「賣花詞」在天上人間時時與斯人遙相唱和。雖然，屬於那個時代的砲聲已遠，屬於那個時代的歌聲卻將永遠流傳於天地之間，沒有一道海峽能阻隔，沒有一片雲煙能淡忘，沒有一陣浪潮不在迴響：「先生，買一朵花吧……」任天荒地老而彩石長春、任青史成灰而彩虹長駐、任歌者逝去而歌聲不息、任賣花人遠而落花不斷……遙想這位到永恒之國旅行去的詩人，在遍賞過上界清都的奇花異草之後，怕仍要說：還是故鄉的月圓，還是故園的花好，還是故都老街上賣花的姑娘漂亮！落花還似賣花人，賣花人去落花紛……但願在有細雨落花的天鄉，先生仍不時將我們這些永遠思念他的人思念！

・附記：

夏之秋，湖北孝感人，生於公元一九一二年，歿於一九九三年五月十二日凌晨一時零五分，享年八十二歲。譜有「思鄉曲」、「歌八百壯士」（中國一定強）、「最後勝利是我們的」以及「賣花詞」等抗戰名曲，至今傳唱不衰。先生兩年前曾應邀來臺並率團演出，不料才返北京便遽爾長逝，本文寫成於他辭世二閱月後，適逢「七七」前夕，乃既悼逝者，並紀念抗戰焉。

一九九三・七・七・〈聯合副刊〉

林語堂論「近人情」

我自小就熟知林語堂先生的大名，他的《生活的藝術》、《吾國與吾民》等名著，大約在三十年前就已經印入我的腦海了。由於家父喜歡看他的書，我們家的書架上遂擺了不少他的著作——他的散文如《大荒集》、《無所不談集》，他的《平心論高鶚》，都曾歷歷飄過我少年時懵懂的眼簾。

眞的，除了胡適，我少年時代最「熟悉」的本國作家就屬林語堂，這位中國的「幽默大師」了。家父十分佩服他，而我，也許是由於少年叛逆性，總對他起不了好感。一直到大學畢業唸研究所時，我還認爲他只是個名士派的浮薄文人，專哄洋人的文化買辦，自以爲聰明的文學小丑。這種印象持續了將近三十年，如今年屆不惑，人比較成熟，父子心結解開，書也多讀了兩本，特別在求學、處世和信仰的經歷上幾番折騰後，再讀林語堂的作品，我才能擺脫以往的偏見，還他一個公道，甚至有些方面還有「相見恨晚」之感呢！

林語堂本質上是文人不是學者，是才子不是思想家，因此他對中西文化的議論缺乏系統性和學術性，許多眞知灼見東一鱗西一爪地閃鑠不定。如同神龍見首不見尾，不易捉摸，也令人有吃不飽的感覺。這一方面，他和錢穆、方東美、唐君毅諸先生是全不能比的。林語堂本是性情中人，聰明、主觀、愛惡分明，這種才子文人的心性使他知人論事不能深入且常流於偏頗，比如他對宋明理學的評價就不公允，對基督教的看法也嫌主觀，對於二十世紀的現代文學和藝術，則幾乎完全無法有相應的理解。

然而，林先生以其靈心慧眼和豐富的學識與經歷，到底看透中西文化最大的差別——即中國的「近人情」，和西方的「不近人情」。這是他在《生活的藝術》及《吾國與吾民》中反覆申明的主要論點。他力主「近情精神是中國所能貢獻給西方最好的一件事」，蓋「近情精神乃中國文化的精華和她最好的一面」。他更認爲「近情精神爲人類文化最高的，最合理的理想，而近情的人實爲最高尙最有教養的人」，「我們只有在世界人類都近人情時，才能獲得和平與快樂」。

西方文化之不近人情有兩個來源——一個是神學、一個是科技。中世紀的神學視人爲罪魁，視世界爲淚谷，視今生爲來生之過渡，視人間爲天上之準備。於是人性、人生、人世——特別是「人」，全被架空了！人或爲上帝之工具，或爲屬靈之器皿，或爲淚谷之過客，而偏偏就不是「人」！愛傳福音卻不愛被傳的人，愛救靈魂卻不愛靈魂，標榜了「主內相愛」卻不能有人與人間肝膽相照的直接相愛，高舉「只見耶穌不見一人」，把人與人間應有的人情往來及種種禮數完全抹殺。林語堂說他所經歷過的教會缺乏甜美的人情味，正說明西方文化不近人情之神學根源。

文藝復興後的西方，人性重獲肯定，但又跑到「戡天役物」之另一頭去了。西方人創造了科技文明，自身卻成了科技的附件，機器的零件，成了消費品的一種，成了計算機上的數目字……總之，成了「非人」！他以前是「神」的工具，如今成了工具化的「神」。過去他學神不成連人味都走失了，現在他在役物之餘卻又隨之物化且爲物所役了！中古西方人想學神，現代西方人想做神，結果是畫虎不成反類犬，未得異能又失故步，「人」的失落成爲當今世界最大的問題。西方的不近人情再轉過來影響東方，致使我們中國文化也不近人情起來了，這一點，林語堂先生很幸運地還沒看見就仙逝了呢！

一九九二・三・四・〈青年副刊〉

不是最後之儒

——熊公哲先生二三事

㈠最後之儒？

世人寫傳記，爲了找一個漂亮、搶眼的書名，往往誇大其詞，只顧效果而罔顧實際，爲了突顯主人翁的重要性，或稱之爲「第一個」什麼什麼，或「最後的」什麼什麼……其實一個歷史事件或歷史人物之產生，常常是多因多緣的，是有許多人爲他埋線和舖路的，在所謂「第一人」以前，已經有過無數的足迹，只不過這些足迹比較淺，比較分散，既不顯眼也不易整理出一個頭緒，於是那個足迹最清楚最深刻最搶眼的，遂成了「第一人」。同樣的，在所謂「最後一人」後面往往也還有無數的足迹接踵而至，只不過這些足迹也不夠搶眼，於是就被略去不談了。明乎此，則對傳記家筆下的所謂「第一人」、「最後一人」云云，就不必太認眞，全當是一種噱頭，一種戲劇效果可也。比如有一本《邱吉爾傳》，標題曰《最後的獅子》，邱吉爾固然配稱獅子，但在邱翁以後，世上又出現過不少「獅子」級的政治強人，邱翁焉能獨享「最後」之名？又如當代大戲「末代皇帝」(The Last Emperor) 說的是溥儀，其實在溥儀之後，還有許許多多的「皇帝」，日本、英國、荷蘭以及歐洲一些小國，在可預見的未來恐怕還是龍子龍孫，瓜瓞綿綿，一時還不致絕種的。溥儀也者，如何堪當此一「盛名」？因此對於「最後的」什麼什麼，一笑置之可也，那只是一種文人浪漫的筆調，不是史家學者應有的謹愼。

然而在學界偏偏也有這類狀況，文人的浪漫病眞是無所不在，難以杜絕的。在當代西方，就有人把「最後的儒者」這一「諡號」追贈給了梁漱溟先生。梁先生固然配稱大儒，但若說是「最後的」，恐怕在港臺的許多「新儒」就不服——唐君毅、牟宗三、徐復觀乃至錢賓四先生，論品學、論影響都不在煥鼎先生之下，因此這「最後之儒」一詞是不宜輕用的。更何況儒家在今後還會不斷有繼起者，「後生可畏，焉知來者之不如今?」我個人沒有親炙過唐、牟、徐、錢諸位先生(他們的書我倒一本也沒有放過)，但我有幸親自受學於另外一位儒學大師——熊公哲先生的門下，雖只有短短一年的時間，卻留下刻骨銘心的印象，也受了不可磨滅的影響。這印象深刻到讓我敢說他絕對當得起「儒者」二字，這影響也使我敢說，儒門雖然越來越淡薄，但至少在我有生之年，還不至於只剩下「最後一個」。學生敬佩老師是自然而然的事，但若因此稱他爲「最後之儒」，則反而是對老師的不尊敬，以孔學的平實，是不著與說這種浪漫話的。而只要熊先生的書存在一天，只要他所樹立的典範仍在學生心目中一天，這世上就不會有什麼「最後的儒者」，因爲凡受過他感化的人，多少都能認識一點孔子的眞精神，這一點認識多少要在他人格上起一點眞作用。如此代代相傳，孔子的眞本領、眞精神也就不絕如縷地傳下去了。熊先生的書大半以文言寫成，一般人不容易看，故其影響力不能比其他新儒來得強烈、震撼。不過熊先生那份屬於古典的淡遠，卻是諫果回甘、回味無窮的。「天寒翠袖薄、日暮倚修竹」，這一種淡遠而雋永的印象，又哪裡是容易忘記的呢？在熊先生過世後三個月的今天，我回想他生前的音容笑貌，仍是栩栩如生，趁著記憶還活潑鮮明，寫下這受教一年的點點滴滴，一來重溫舊夢，二來也好爲後人留個紀念。

(二)「二八佳人」

我初次見到熊先生，他是七十五歲上下的人，當時我還是臺大學生，因爲和他的少公子同班，才有機會到他家裡去作客。那個時候我還是典型的「文藝青年」，不喜歡「陳腐」的國故，更不喜歡「孔家店」裡的店員。那次去沒有與他交談，也沒有留下什麼特別印象，只覺得又遇見一位「國故夫子」罷了！第二次見面是在十多年之後，這次竟成了他的學生！這時經歷世故多了，讀書也比較細心了，對孔子的印象改觀不少，自然對於孔門裡這位忠心的「管家」也就感覺親切得多、有好感得多。熊老師當時正從化南新村教授宿舍搬到附近的公寓裡去，由於那是座新厦，住戶不多，冷清孤寂，頗乏人氣。又僻處山邊，一股寒荒之氣逼人而來。每次上課經過這片「荒原」，又摸黑上電梯，那個感覺很不對勁。當時熊老師已經年高八十有八，他自己戲稱是「二八佳人」，精神仍很矍鑠，中氣尤其充足，炯炯發光的眼神，給人一種至誠無妄的印象，專一而凝注，令人凜然生起敬畏之心。所謂「出門如見大賓，使民如承大祭」，那一份「敬以直內，義以方外」的人格氣象，在現代人裡面是極其罕見的！所謂「主敬存誠」，光看那一對專注的眼神就能明瞭，這是我在十幾年前所看不出來的，這種整齊嚴肅的氣象，無寧是近於程朱一脈的。「二八佳人」的熊老夫子上課精神十足，興致勃勃，大有「老驥伏櫪、志在千里」之概！兩個鐘點下來，絲毫不見疲態，他甚至還歡迎我們寒暑假也來上課！只是每當我走過那個山窪荒地、摸索過黑暗的樓梯間，我總有個不安的感覺。有一次我忍不住偷偷對一位同學說：「這裡說不定是熊老師最後一站，我們說不定是他最後一班！」這話不幸而言中，八年後他病逝於此，再沒有教過一個學生，當時所聞所見的，不意眞成了廣陵散！

㈢垃圾堆裡的孔子牌位

熊先生平日自比爲「孔門的掃地童」，對孔子的崇敬愛戴，不是今人所能想見的。這一份敬愛從年輕直到年老，完全不受時代的影響，而有彌老彌篤之勢。有次上課間，他提到當年在北大時，無意間在破爛堆裡發現「至聖先師」的孔子匾額，大約是前清留下來的，已經斑駁朽壞，面目全非。當時還青春年少的熊夫子不禁觸目傷情，悲從中來，一時竟抱著匾額大哭且道：「夫子，太委屈你了！」孔家店的招牌被棄置在破爛堆裡，後來會有「批孔揚秦」也就不奇怪了！來臺之後，政府提倡尊孔，發行了孔子郵票，和三四十年前的「打倒孔家店」以及對岸的「批孔」運動可謂全然異趣，至少在復興基地臺灣，孔子是全面得到平反了，說來應該高興才是，不料熊夫子對印郵票一事也不苟同，他說，「把孔子面像印在郵票上固然是很表揚他，然而每當黏貼郵票時，人人都可以吐他口水，並且順手給『孔子』一巴掌，豈非大不敬嗎？」回想半世紀前熊老師抱著匾額痛哭，在垂老之年仍不贊成印孔子郵票，其尊孔衞道的意態眞是前後一貫，雖然我們年輕一代多認爲這種尊孔方式未免太拘泥，但「情到深處情轉痴」，嚴肅的夫子有他痴情的一面，而古今大學問、大事業不都是痴情人做出來的？袁子才說「壯烈奇偉之節多從纏綿悱惻中來」，熊夫子爲孔夫子終身「守節」，正可以印證這一句話。

㈣致函卡特曉以大義

熊夫子畢生爲一粹然學者，除了抗戰期間曾在蔣公侍從室任職外，幾乎沒有再參與過實際政治。然而傳統讀書人對「內聖外王」的持守、對國脈民命的關心，九十年來始終表露在他的言行之間，他常對我們說，平生最佩服三位古人：三國的諸葛亮、唐之陸贄、清之曾國藩，這三位都是出將入相，安邦定國之能臣，而不止是拂塵清談的書生。熊夫子自己不喜歡官場的習氣，但是對於國家社會，沒有一天不用其關心。當年卡特總統就要與我斷交的時候，他曾以中華民國國大代表的身份致函卡特，要求他以歷史爲鑑，以道義爲重，不可自失立場走錯路。他特別引用《左傳》上記載，管仲要求桓公援救邢國的話：「戎狄豺狼不可厭也，諸夏親暱不可棄也，宴安酖毒不可懷也」來勸誡卡特，卡特的回信很客氣，然而終於還是與中共建交，置歷史的教訓於不顧，令人浩嘆！「漢賊不兩立、王業不偏安」，諸葛武侯這一信念在今人看來或許嫌他太「保守」，太不「靈活」，然而「六四」天安門大屠殺證明反共並不是一個過時的價值，而一個國家不能長久處在一半自由一半不自由的狀態中也是事實。熊夫子的一封信固然不能獨挽狂瀾，但他所表現的歷史智慧，以及儒者的志節，仍是擲地有聲光照史册的！我想這也就是孔子所謂「知其不可而爲之」的一種精神吧！熊夫子生前常引述文天祥受審於博羅的一句話說：「父母有疾，雖不可爲，無不用醫藥之理，不用醫藥者，非人子也。」熊夫子晚年老病纏身，但他的諸公子從海外百計爲求救藥，想來也是上天對義人的一種酬報吧！

㈤淡泊明志，寧靜致遠

我因與熊家有一點舊交，上課之外比較有機會與老師和師母親近，從師母處頗得知老師過去的一些往事。師母常笑稱老師是個「書呆子」，當初在大陸辦學，因爲時局艱難，有時不但沒薪水領，甚至還要自掏腰包，變賣家當，沒辦法時甚至還變賣了師母的首飾嫁妝，讓師母大呼吃不消！亂世辦學不是容易事，但是能夠遇到這樣捨己爲人的教育家更是難上加難，幾乎可以說是一件人間奇聞，沒有相當的操持、信念與悲願是決定做不來的！熊公生前曾說：「大丈夫讀書，舉手投足，當指天下萬世而爲期。一時之晦塞，終身之寂寞，所甘心焉！且自昔荆榛之中，蕭艾彌望之壤必有一二芳草茁乎其間，以嗇柱之。」這話不是說說而已，他眞的做到了。

我們這一代年輕人，爲時代風潮所激，爲社會習氣所染，往往不能甘於寂寞，不能安於晦塞，名韁利鎖，纏綿不休，自取煩惱。回過頭來看看熊老師這一番話，實在羞愧難當，無地自容。熊老師曾勸年輕人讀書要先打破名利兩關，才能頂天立地做人。當時泛泛聽去也不覺什麼，等到飽更世事，屢涉風波，才悟到必先勘破名利關頭，才能照著天理良心行事爲人，朱子所謂「私慾盡淨，天理流行」，是這麼回事！人生安身立命絕不能在浮名虛榮之上，這些都會斷送人的根苗！

「非淡泊無以明志，非寧靜無以致遠」，諸葛亮這兩句話實在是大丈夫立腳的根基。熊老師欽佩孔明的爲人，他自己也沒有辜負這兩句話。熊夫子以「翊亮」做爲其少公子的字號，身爲他學生的我，四十以後也以此自勉，不敢一時或忘！

㈥大師的驚人語和幽默面

熊夫子一生爲孔夫子洗冤辯白，斬除荊棘，澄清誤會，因此他的書雖多用古文寫成，但句句都是針對現代國人對孔子與孔學的歪曲和誤解而發，自有其醒世的時代意義。熊夫子自稱孔門之掃地童，立志清理孔門裡外的雜草野藤，庶幾還孔子一個本來面目，好讓後人能得窺孔門的「宗廟之美，百官之富」。這是熊夫子一生的執念，也是他一生的志業。不過在形諸文字的著作中熊公多出以不苟言笑的莊語，在課堂上就比較輕鬆自然，甚至風趣幽默起來了，望之儼然，卽之也溫，這要親炙過他老人家才能實際感受。

熊老師常說孔子「煙不學」（不抽煙的意思），何以見得？《論語》中記載「夫子焉不學」，煙、焉同音也！熊公有時還用江西鄉音唸《論語》：「知之爲知之，不知爲不知，是知也。」聽起來像是「滴滴爲滴滴，不滴爲不滴，細滴呀！」乍聽就像拍發電報一樣，極富滑稽效果。由此足見熊公絕非泥塑木雕，不近人情之人。爲了洗刷時人對孔子的錯誤印象，他再三強調孔子不宜稱爲「哲學家」、「思想家」，蓋孔門所重在行誼，在躬行實踐，在下學上達，不專在純知識的探討。因此熊公最看重《論語》的〈鄉黨〉篇，他常說這裡面有孔子的「私生活」，其他哲人思想家，雖然高言大智，但都能以私生活見人嗎？這番話給我的印象最深，一洗民國以來對〈鄉黨〉篇的不友善的成見。熊老師也常批評近代學人對孔學詮釋之失當，比如他就反對胡適之一輩用「人格」來解釋「仁」字。所謂「顏回之心三月不違仁」，難道說顏回一年當中只有三個月有人格，其他九個月就沒有人格了嗎？這倒是個有趣的說法。另外，熊公更有驚人之論，他直稱孔子不屬於儒家，「儒」之一字是子夏他們給孔子硬加上的帽子，以此自重其言、自擡身價。考諸史籍，孔子道兼師儒，不爲儒家一派所限，而是接近《莊子》所稱「道術爲天下裂」以前的境界，而非所謂的一曲之士。說孔非儒，可謂石破天驚之論，而由此也看出熊公治學，不僅「以經解經」，更是會通了經史子集各部以解經以說孔。其間功夫極大又極細膩，他平生不間斷地做抄書的功夫已非今人所能及的了！而更可貴的是，他全沒有經生氣、道學氣，絕不輕視文章家，他解經說孔不但常引諸子百家，並且常引文人詩人，如韓昌黎、蘇東坡、袁子才等人的文字，稱他們「絕頂聰明」完全沒有輕薄他們的意思。他自稱平生爲文得力於「二韓」，就是韓非和韓愈。他對古詩文之熟，常是大段背出，不煩搜檢，這樣驚人的好記性就是我們年輕人也忘塵莫及，大大稱奇！詩文之外，熊公也雅好小詞，常與師母謝韞芝女士「夫唱婦隨」，神仙伴侶，令人艷羨！而其眾多子女個個成器，更是芝蘭玉樹滿庭芳！

熊夫子是江西人，江西自古文風鼎盛，陶潛、歐陽修、王安石、文天祥等都是江西人，熊夫子同樣有其文章華國的才學，也有其剛強不屈的雄直之氣，與其出名鄉賢一樣，都是一柱擎天，獨挽狂瀾的中流砥柱。身爲新文化運動矯偏辯誣的諍友，這位「終身的反對派」晚年自不免淒清寂寞，然而下簾寂寂，知我者天，求仁得仁又何怨焉！他不是「最後的儒者」，卻是使儒者永遠不會斷絕的一個！

一九九〇・九・十五・〈中央副刊〉

時代寂寞的典型

——紀念熊公哲先生

我的老師——一代大儒熊公哲先生日前以九六高齡寂寞地過世了！我在將近一個月之後才得悉這個噩耗，心中的感受是沉痛而複雜的！從學長手上接過淺紅色的訃聞，一翻開就看見熊老師望之儼然、卽之也溫的熟悉微笑，往日上課的種種情景，先生的音容笑貌、剴切叮嚀一時又都奔赴眼前。而帶著寂寞的微笑，帶著那一個時代寂寞的典型，他悄然離開了這個越來越不能了解他的瘋狂世界了。

我生也晚，卻有幸成爲熊先生的最末一班學生。時近九十的熊老師因行動不便，只能在自己家裡授課，然而正唯在家裡，更可以看見老師的言行與生活是如何打成一片、如何表裡一致的。熊先生一輩子服膺孔子，仰止之忱彌老彌篤，體會之深也與生俱進，到教我們最後這一班的時候，孔學大義在老師講來已是出神入化，如庖丁解牛一般無礙了。熊老師於《論語》中最愛〈鄉黨〉一篇，因爲這一篇記錄的正是孔夫子的日常行誼，這是其他諸子百家當中所罕見的。熊老師時常說：「孔夫子的偉大正在他敢以私生活示人，而一般思想家的私生活都能毫無隱瞞地一一見人嗎？」這句話給我留下最深的印象，使我重新看重這一篇五四以來迭遭輕視的〈鄉黨〉篇；更重要的是透過這篇聖人的「私生活」而對孔學有了一次新的「再啓蒙」。今年我有幸參與華視《生活論語》的寫作，分到我的正好就有〈鄉黨〉這一篇，撫今追昔，眞似冥冥中安排好的。七十年來大家都不愛談的〈鄉黨〉篇我獨愛之切，正是受惠於熊老師當年的教誨，不，應該說是示範——所謂言顧行，行顧言，躬行君子，衾影無愧，熊先生是做到了！

我說在熊老師門下得到一次「再啓蒙」，因爲我們這一代在反傳統的潮流下，即使尊孔也多是口惠而實不至，晚輩中眞正尊師而不腹誹的也寥寥無幾。這一個時代的風氣是「求知」，而不是「成德」，是「思想」而不是「做人」。思而不學與學而不思一樣，都不能體會孔學的眞際。譬如學游泳就要下水，學騎車就要上車，若不從待人接物中實學實行，孝弟忠信也不過淸談而已，就像繪畫一樣，好看，但當不得眞的！熊先生常說孔學吃緊處全在「切己反求，躬行自致」，一定要與自己身心性命密切相關，從實踐中體會得來才算得上德性之知。

這一個道理我是在後來接觸基督教時才眞正體會到的。往往在證道後有人發問，或問教派何以分歧？或問進化論與創造論孰是？對這類問題我一概不答，只明白告訴對方：你首當關心的是你這個人生死存亡的問題，是你這個人要不要離開罪惡、要不要離開滅亡的問題！教派如何、進化不進化與你這個人有何相干？我老實告訴你，天人懸殊，捨了信不能知，必須先信後知，必須行以致知，生死事大，豈是口耳之間的便宜學問啊！現代人習以旁觀者立場看問題，以解代數態度對待性命問題，殊不知你不是在旁觀一場火災或水災，你自已已經身陷火窟了，已經溺入洪流了，已經沒有閒暇了，當切己反求，趕緊求救吧！

儒學比較沒有這種急迫性，但也知道從純思辨知識不能導出道德結論來，道德另有一源，康德名之爲「實踐理性」，以別於「純粹理性」，而熊夫子則以情性爲德行之源，可謂異曲同工。然今人或不思不學或思而不學，思辨愈精而情性愈漓，說盡人話而不省人事，若熊夫子者怎能不寂寞呢？他的典型又誰能繼呢？

一九九〇・六・一・〈中央副刊〉

夫子原來是情聖

——熊公哲先生的感情世界

平生親炙過的師長當中，論嚴肅，當以熊公哲先生屬第一了！所謂「道貌岸然」、「望之儼然」、「古意盎然」，凡見識過熊夫子氣象的人，應該都不會不以爲然吧！

隨著傳統文化的「花果飄零」，像熊夫子那樣的典型眞是不易得了！雖然每個時代都有其特殊的精神和精采，學術才會不斷有進步。然而傳統儒者那種切己體察，躬行實踐的精神，在這一代學者當中是比較少見了。所謂「古之學者爲己，今之學者爲人」，今之學者常把儒學當作一種知識，古之學者卻把它當作生死以之的信念；知識只是客體性的理解，信念卻必要求主體性的實踐。因此周情孔思、規行矩步，甚至冰淵自凜，無愧屋漏云云，在今人眼中不免嫌其迂陋。躬行君子如熊夫子這樣傳統的典型被「今之學者」，甚至被自己的學生背後譏爲「今之古人」，乃至還有更甚焉者，也不是什麼不可理解的事了！

在黑夜裡作寒星，不是容易的事，然熊夫子卻篤定不移，堅持到底地作了一輩子的寒星！隨著夜色更深，這星光也愈亮了，只可惜能認出來的人並不多，但只要一度曾爲他的至誠感動過的人，那感動是刻骨銘心、終身難忘的。最近有一天，我無意間在書店中發現先生的遺作，心中的激動、手上的顫動，仍是那樣不由自已，那樣不可言喻！這遺作裡的文字，都是當初先生在課堂上以那樣誠摯怛惻的聲容講過的啊！而今都化作了一個個沉靜的鉛字，睹物思人，能無慟乎？

然而，前兩天，先生的公子送了我一本先生的詩集，廢寢忘食地讀完之後，卻使我破涕爲笑了！我發現先生雖然道貌岸然，卻也充滿「情」趣。雖是望之儼然，卻是卽之也溫；雖是古意盎然，卻也春意盎然！我因發現先生竟還有這麼纏綿悱惻、這麼羅曼蒂克的一面，而不禁啞然失笑了！原來冰霜之操常從芳馨之情中來，歌德有他維特的一面，忽略了熊夫子「情聖」的這一面是不足以知熊夫子的！

這本書名爲《果庭詩存・珠荷詞集》，是熊老師和師母謝韞芝女士合著的詩詞集子。情詩與艷詞記下了逾半世紀的一段偉大情史，果庭與珠荷鑄就了一對不朽的情聖。我讀著讀著，彷彿看見了中國的白朗寧夫婦，彷彿聽見了英國那位情聖的聲音：「我愛妳的詩，更愛妳的人」「妳總有愛我的一天……」。我彷彿也聽見了那位幸福的「小葡萄牙人」的迴響：「如蒙上帝恩准，我死後將愛你更深！」這一對情奔天涯、生死相依的詩聖情聖，正是熊老師和師母的異國寫照。

熊老師最令我印象深刻的詩如〈獨酌有懷〉：「閒把清樽強自寬，意中人向畫中看。判將一醉休辭滿，照見如花玉影寒。」這眞是比葉慈（W. B. Yeats）的〈重誓〉更低徊更悃款！又〈題鸞影〉詩：「衣鬢翩然入望清，一回展玩一沾膺。寸心無那低相喚，附耳聲聲總不應。」對影抒懷，何啻歌劇「魔笛」中王子「詠麗影」的那段清婉激越，一唱三嘆的咏嘆調？而師母的詩有：「回首紗窗携手處，月痕爲照淚痕新。」更令人想起普契尼的絕唱：「妳那好冷的小手！」而執手一握，竟六十年！

熊老師過世後，師母有詩云：「我泣我歌獨對月，影隨影亂踐蒼苔，南溟歸路萬千里，冀盼夢中含笑來。」又云：「永作同林比翼鳥，朝朝暮暮潯江頭。」琵琶之泣，長恨之歌，將與天地而無窮。原來孤星不孤，寒星不寒，有一星相伴，終身不變，天上人間，相看不厭，則幽明不隔，生死無間，又何憾焉！又何憾焉！

永懷徐志摩

——寫在他的六十週年祭

今年是一代詩人徐志摩先生逝世六十週年，六十年前的十一月十九日（民國二十年），一架從南京飛北京的飛機在濃霧中撞上了山東濟南黨家莊的山峰上，一陣巨響，一片火光中，我們的絕代詩人，就如同他自己詩裡所說的：「他一展翅，衝破濃密，化一朵彩霧，飛來了、不見了、沒了——像是春光、火焰、像是熱情！」那一年這位春光、火焰一般的詩人才三十六歲，和拜倫、莫札特、諾伐里斯同一年紀！

六十年是一甲子，在中國來說是一個時序的循環，在時間來說則正好是兩個世代，確定是一個值得特別紀念，值得懷想和回顧的日子。然而，和胡適與魯迅的百週年比，乃至和弘一大師李叔同的百一十週年比，徐志摩的六十年忌辰並未獲得特別的注意，這，是令人遺憾、惆悵的！徐志摩的詩名之大，恐怕超過民國以來的任何一位詩人，眞是老少咸宜、雅俗共賞。他又是繼胡適之後開新詩風氣的人，並且是全心全力爲新詩打開一大局面的第一人，其開路的貢獻是不容抹殺的！他寫詩的時間前後大約十年左右，在他慘澹經營之下，卻實驗了多種形式，摸索出多種途徑，製造了多種格律，開創了多種風格，不論「縱的繼承」或「橫的移植」，都有無比的貢獻和無窮的影響。特別是他那特別吸引人的浪漫風格和磁性人格，更如磁石吸鐵一般吸引了無數的讀者和後進，這兩三代的人，只要愛詩的，大概沒有不受過他吸引的。誠如梁任公之論龔定庵：「光緒間所謂新學家者，大率人人皆經過崇拜龔氏之一時期。」龔氏如此，徐尤過之！

六十年來，絕大多數讀者對徐志摩的印象都是浪漫、清新、華彩、亮麗、飄逸、脫俗……他的〈再別康橋〉、〈偶然〉、《愛眉小札》……等等幾乎是他給後人全部的印象。其實試閱他的全集，他除了抒情言志、風花雪月的作品之外，中晚年也有不少感時憂國、悲天憫人的作品，對軍閥和北洋政府殘民以逞的控訴，對民間疾苦、社會問題的挖掘，也都有深沉的刻劃，其熱忱並不亞於當時左派文人，這一點值得特別提出。不過可貴的是，他和左派文人最大的不同，在於他完全不信共產主義那一套狂想，早在民國九年左右，他就爲文指出，要實現共產理想，必須經過一片「血海」，俄人所實現的「天堂」乃是一個「血海」。他又孤明先發地指出「俄國革命是人類史上最慘刻苦痛的一件事」，民國十五年列寧忌日，舉國若狂讚美列寧，他卻毫不假借地指出列寧是個狂熱份子，「他的心和手都是鐵的」。當時連胡適都對俄共抱有幻想，徐志摩卻老實不客氣地駁斥了好友的烏托邦思想。在反共這一方面，他比胡適之、孫中山都看得更深更遠更透徹，誠不愧爲大時代裡眾醉獨醒的先知先覺。

徐志摩晚年從錯誤的婚變中醒來，很想努力作一番事業，他全力辦〈新月〉和〈晨報〉副刊，揭櫫「尊嚴」和「健康」、「德性和理性」，一洗過去浪漫唯美的輕浮，眞是有一點「復活」的氣象！若天假以年，沉潛下來的他，很有可能成爲中國的但丁、歌德。以他過人的天賦，他追求理想的決心，他爲愛背十字架的勇氣都提供了有利條件。然而天才薄命，三十六歲生涯留下的只像一陣流星雨，爲民國的夜空增一段奇彩，卻未能以恆星之莊嚴再鑄不朽之「神曲」！

一九九一・十二・十一・〈青年副刊〉

數點梅花天地心

——蘇雪林敎授剪影

文壇耆宿蘇雪林女士日前歡度了她的九五壽辰，可以說是學術教育界和文化界的一大盛事。蘇女士是當今國內碩果僅存的幾位五四人物之一，她本人和她等身的著作都已經是五四新文化運動的活見證，在「五四」七十二週年行將到來的前夕，我們爲這一位五四健將祝壽，眞是最有意義的事！

我們四十歲以下這一代的人，都是受過她老人家薰陶長大的，她的名作如散文集《綠天》裡，一些字字璣珠的小品文（像〈禿的梧桐〉）早已選入中小學教科書，爲人人所必讀的範文了。而她的學術著作雖然知音不多，但凡不具成見偏見，不以私情蔽公理的人都能肯定它的價值、欣賞它的卓識。至於她自傳體的小說（或小說體的自傳）—《棘心》，則不但詳述了她個人成長的心路歷程，更保留了五四時代鮮活的側影！這兩本書（《綠天》、《棘心》）至今已發行超過十版以上，眞可謂叫好又叫座。足證蘇先生的魅力眞如梅香撲鼻（蘇先生本名叫「梅」），凌霜傲雪，經久不衰！

今天我們這些後生晚輩，想要了解五四新文化運動的背景，《棘心》是絕不能錯過的材料。它寫一個時代女性如何掙扎在舊傳統與新思潮之間，可以反映一個大時代的轉變。她在法國目擊「勤工儉學」的中國留學生如何在大時代的衝激下鋌而左轉，尤其是研究共黨歷史的一手資料。人人皆知蘇先生畢生反共反魯（迅），但往往忽略了她對這些留學生何以左轉的心理、文化和社會背景，實有一份仁者的同情。同情而不認同，了解而不同流，這是最難能的事！在她那個時代，能慧眼識破不爲所惑，卻又能大處著眼明其所由，這在當時國內只有寥寥數人——文化界除了梁任公、徐志摩外就數蘇先生了！共產主義之興起與流行是人類的一種病也是人性的一種惡——對於惡必須對付，對於病必須防治，對於病人應有一份會心。今人反共多流於一偏，或只見其惡而嫉惡如仇，或只見其病，一味同情反爲所蠱。近年來政治性的、教條式的反共失去「市場」，反而助長了「新馬」的聲勢，實因忘記了要以一個醫生知病治病待之的基本立場了！

蘇先生在法國唸書時因受到左傾同學的逼迫，反而堅定了她對基督的信仰，從此成了一個虔誠的天主徒，因此她在書中稱自己是「五四的叛徒」，而頗經過一番心靈的掙扎。蓋以五四所高舉的是「理性女神」，這和聖母聖子似乎是不搭調的。蘇先生最佩服的胡適博士即以理性無法接受神蹟而擱置了基督信仰。然而存在本身超過理性，基督存在的證據不是理性能推翻的，有證據而不接受，那反而是非理性了！所以我以爲蘇先生之轉向信仰正是對眞理性之回歸，不是反叛！

由於對信仰認識深、慧眼獨具，蘇先生治學常引《聖經》及有關神話爲證，指出中華民族與文化都受西亞影響，甚至源出西亞，這一點頗爲部份國人所不悅，然此事是非只能訴諸客觀證據不能訴諸民族情緒。以我個人對比較宗教和比較文學的一點點了解，堅信時間會還蘇先生一個公道！當比較宗教學和神話學發達到一個程度，當國人的心胸開放到一個程度時，他的研究要大放光芒、照耀中外的！

中與外、新與舊、創作與學術、理性與信仰，能夠兼而通之，一以貫之的人自古難得，也是自古寂寞，卻也是終不會寂寞的！正如冰天雪地裡獨自綻放的梅花，是最寂寞也是最不寂寞的——數點梅花天地心，人的偏情會過去，天地之心是永不會埋沒、永不會過去的！

魯迅論民國

今年是辛亥革命八十年的整壽，也是「革命文學」家魯迅一百一十歲的整生日。海峽彼岸爲這兩件事，頗張燈結彩，大肆慶祝了一番。相形之下，此岸對魯迅是冷落得多了。而此間近來對「民國」認同的危機，也達到了前所未有的最高潮。官方「淡化」魯迅自然是可以理解的，然而，魯迅卻是辛亥革命以來，最早發現民國有嚴重認同危機的第一人！而他對辛亥革命本身，以及它的領導者——孫中山，卻始終是肯定並且尊敬的，這方面，早有忠黨愛國的朋友們發揮過了，可以不必再說。在今天，比較有點「新鮮」意義的，應該是他對民國認同危機的「孤明先發」，以及他對「革命尚未成功」的深刻診斷，對於海峽兩岸，卻還可以當做月落烏啼時的夜半鐘聲來聽聽呢！

魯迅之所以佩服孫中山，自然和他們同是由學醫而「改行」革命有關。魯迅雖然不信基督教，但他那「我以我血薦軒轅」的宗教熱情，比孫也無多讓。這些相似處，遂使他稱美孫爲「戰士」，不惜罵反孫的人爲「蒼蠅」！他說「有缺點的戰士仍是戰士，完美的蒼蠅還是蒼蠅！」出於刀筆魯迅之口，這是很恭維的話了。然而，對於孫中山所創立的「中華民國」，他是愛之深責之切的，評價就沒有對其「國父」那麼一貫的好了！民國十四年，他感覺到「現在的中華民國也還是五代、是宋末、是明季」那是一種末世景象。不僅如此，他甚至感覺到「彷彿久已沒有所謂中華民國了」，因爲「革命以前我是奴隸，革命以後不多久，就受了奴隸的騙，變成他們的奴隸了！」因此他覺得「有許多民國國民而是民國的敵人」，「覺得有許多民國國民很像住在德法等國裡的猶太人，他們的意中別有一個國度」，故此他希望一切重新做過，再不行，也希望「有人好好做一部民國的建國史給少年看，因爲我覺得民國的來源，實在已經失傳了，雖然還只有十四年！」對於民國認同的危機，大概沒有比這幾段話的感受更深沉，也更有預言性的了！他感覺「先烈的血被糟蹋了，卻又不是故意的」，這一點最悲涼，也最深刻！造成民國認同危機的主要還不在政權上的鬥爭或意識型態的角力，這些都是「故意的」，好歹還可以應付。最麻煩的是出於無意的踐踏鮮血，這毛病難除，因爲，這就涉及到「國民性」的問題上去了！要「變性」是不容易的！

民國十一年他給許廣平的信上說：「最初的革命是排滿，容易做到的。其次的改革是要國民改革自己的壞根性，可是就不肯了！所以此後最要緊的是改革國民性，否則，無論是專制、是共和，是什麼什麼，招牌雖換，貨色照舊，全不行的！」阿Q剪了辮子仍是阿Q，奴才做了主子也不等於民主。魯迅看出了「革命尚未成功」的根本原因。周作人也認爲辛亥革命只實現了「中華」二字，「民國」二字則尚未實現，因此「同志仍須努力」，證諸當時胡適的警語「一個自由平等的國家，絕不是一群奴才可以建立起來的」，兩相對照，可見革命之始終「尚未成功」，和阿Q始終尚未成人是有關係的！

和「不可救藥的樂觀主義者」胡適相比，周氏兄弟無寧是悲觀得多，胡適看出辛亥革命畢竟爲黎明揭開序幕，周氏兄弟則看見黎明前的大黑暗還有它「死而不僵」的莫大勢力。魯迅答鄭振鐸說「民國元年已經過去，無可追蹤了，但此後倘再有改革，我相信還會有阿Q似的革命黨出現。我也很願意如人們所說，我只寫出了現在以前的或一時期，但我還恐怕我所看見的並非現代的前身，而是其後，或竟是二三十年以後。」這是民國十四、五年間的話，證諸後來的變局，我們不能不說他言中了！阿Q的「精神勝利法」，封建式奴隸和奴隸主的關係，在中國大陸至今未有根本的改變，而且規模更大、更深刻了。那抗拒現代化及「和平演變」的，不正是阿Q的根性？

其實不止周氏兄弟，近百年來實際投身改造中國的許多「先行者」，也有類似的感悟。梁任公在維新失敗後大力鼓吹「新民」說，他說「吾國言新法數十年而效不睹者何也？則於新民之道未有留意焉者也。」孫中山也說革命之無成在於「革命志士多以思想錯誤而懈志也」，因此他要求「心理建設」以「喚起群眾」。陳獨秀也要求國人「從頭懺悔、改過自新」、「一新心血，以新人格」。到了五四新文化運動成功後，孫中山致電海外黨員說：「吾黨欲收革命之成功，必有賴思想之變化。兵法攻心、語曰革心，皆此之故。故此種新文化運動，實爲最有價值之事。」他肯定新文化運動之意義，欲待革命成功，思想和心理上之變化是改革制度和社會不可或缺的精神基礎。

可悲的是，「五四」不久就被政治化了，沒有善終，五四的啓蒙運動至今也「尙未成功」。封建意識、主奴思想、權力崇拜、政治掛帥……仍瀰漫在中國社會。君不見水旱災一來，爲了祈雨，各地廟宇「官」滿爲患，最高學府的學者專家可以群赴龍山寺求「神明」保佑民主；天安門前曾有民主女「神」像、基隆港也曾有民主女「神」船——民主在西方是最理性化世俗化的產物，到了我們「貴寶地」居然封了神！而華盛頓的白屋 White House 到了中國竟被尊稱爲白「宮」！奴隸主的思想，做皇帝的心態依然如故？阿Q剪了辮子仍是阿Q，眞所謂「花落春猶在，鳥鳴山更幽」！加之這兩年來國內宗教復興，一時玄風大暢，更見阿Q們是人在現代、心在中古，一腳向前一腳向後，這樣的換湯不換藥，只怕革命永遠都不會成功了。

西方由中古入現代，眞是千山萬水，一路脫胎換骨過來的，其犖犖大者，如：文藝復興對個人尊嚴的覺醒，宗教改革對自由與容忍的肯定，啓蒙運動對理性和進步的堅持，民主革命對自由與人權的重視，科技革命對創新天地、改變世界的追求……這些，都是我們非補不可的「必修課」！別人五百年才走出來的路，我們只花八十年自然一時還跟不上。但若一味以「龍的傳人」自居，堅守「中體西用」的心態，不肯剪斷中古的鄉愁——阿Q的臍帶，那未莊的悲劇可就永遠演不完了！

今年十月，兩岸都過了閱兵癮了，其實在紀念建國八十年的同時，仔細檢閱一下咱們根深柢固的國民性，恐怕是更有意義也更有必要的。「革命尙未成功，同志仍須努力」，八十年了，革命爲什麼還不成功？民國爲什麼還有認同危機？其根本原因何在？這應該是我們在紀念魯迅和孫中山時，最值得想一想的課題吧！

一九九一・十・三十一・〈中時副刊〉

儒家的唐吉訶德

——梁漱溟與梁巨川

梁漱溟先生的過世在海峽兩岸都引起很大的迴響，討論的文字也不斷見諸報刊，我個人對梁先生的學說所知有限，但對他的行誼也自有一份佩服。特別是他在江青強橫的壓力下，堅決拒絕批孔，其大義凜然，泰山巖巖之氣象，在紅朝諸儒中實屬僅見，即在歷史上其道德勇氣也不多覯。捋貓鬚且不易爲，何況捋虎鬚？明史上有一位錢唐爲保孟子而批洪武帝之逆鱗，煥鼎先生之所爲蓋亦無愧於前修。

不過比此事更引起我注意的乃是梁父巨川先生的往事，也就是他的自殺，這一段儒林公案似乎更值得在今天重新提出。巨川先生之死影響其子至爲深鉅，爲研究煥鼎先生所不可不加深究者，在人生歸趣上，父子兩人正有一微妙之辯證關係，最後爲子的到底還是走上了爲父的老路。就客觀而言，現代中國禮壞樂崩、學絕道喪的程度比民初更見加劇，文化認同的危機、中國意識的危機視諸辛亥鼎革之際尤爲嚴重，儒門之內不惟淡薄難收，且善復爲妖，種種變怪層出不窮。處今之世，個人欲有所持守，較巨川當時更加不易——春非我春，秋非我秋，土非吾土，民非吾民，華夏非復華夏，則吾人當何去何從，何所寄託其懷抱，其可以嘆息深思者多矣！

我個人基本上同意艾愷、林毓生、張灝諸位先生的看法，認爲梁巨川一如王靜安，其自沉主要反映了中國意識的危機、認同的危機乃至意義的危機，而不止是殉清而已，不過從文學角度來看，我感覺二人之悲劇近似哈姆雷特，如艾略特所言，是主觀懷抱找不到客觀寄託objective correlative 之尷尬悲劇。從我們時代的立腳點看，又不免感覺二人像極了塞萬提斯筆下的唐吉訶德，這樣高貴而荒謬的偉人在大轉型期間是一定要出現幾個的！唐吉訶德失去了討伐和效忠的目標，結果把風車和妓女錯認成巨人與聖女，糟蹋了自己的勇武與忠貞，其「騎士」「瘋」範令人哭笑不得，且敬且哀。滿人殉清沒有話講，漢人殉清是怎麼回事？但問題卻又不是這麼簡單，就像唐吉訶德一樣，這是一個逼死人的大問題！

我說巨川先生之死最富象徵性，大意是這樣的：公元一九一二年二月十二日清帝正式遜位後幾天，他已決心殉清。當年六月十六日，他參加粵西老舘同鄉團拜，在關帝、文昌兩殿及先賢牌位前（其中祠有乃父）行禮立誓，祭告神明及父靈，決心以身殉清，所謂「必將死義，以救末俗」。在〈敬告世人書〉中他說他的死是爲保存中國的國性與天理。另在〈留示兒女書〉中則更說所謂國性卽「天理民彝，爲聖道所從出者，是吾國固有之性，皆立國之根本也」。綜合這些，我們就知道事情不簡單，不止是「殉清」而已，還別有所爲，所爲何來？我個人認爲最簡單具體地說，他要殉的大概就是吾國自古相傳的五位至尊：「天地君親師」這一傳統信仰。五尊之關鍵在乎君，君旣不存，其他四尊頓然無所著落，認同的危機由是而生，安身立命旣已無具體對象，則不如一死以成其義。

在傳統中國，「天地君親師」都不是抽象的理念，而是具體的實存，天地神明、君父恩師都是眞實的可以盡忠盡孝之對象。但東漢佛法入華以後，天地的位格已不清楚了，宋儒多只能抽象地把握一個「天理」。君尊臣卑的歷史發展，把君臣之義看成天地之間最大之一倫。《白虎通》三綱六紀之說更深入人心。君者群也，君卽是國，是士人客觀化之最高對象。故君一旦作廢，「國家」之認同立刻模糊不清，「忠義」之節立刻土崩瓦解，民德之敗壞、風俗之糜爛皆由此生。中國民性親於具體而短於抽象，忠於君易，忠於國難，對於近代中國人，「國」乃一抽象之概念，非易把握者也。故一旦無君，上焉者則忠於個人心中之政治理念，或爲主義犧牲，或聖化「人民」，或竟以理殺人，眞實的「人」反不見了。下焉者則轉而忠於自己，流爲個人自我主義，蓋個人最具體眞實，是最可盡忠之對象，全身保家固勝於大帽子理想。集體的自私與個人的自私因此交互激盪，相互殘殺，邦國殄瘁，殆無寧日！而追本溯源，中國意識乃至文化認同之危機應是一切亂源的主要線索。巨川先生與靜安先生若生見日後九州鼎沸、民生塗炭、禮壞樂崩、花果飄零之慘狀，當更無悔於自裁之畸行。

陳寅恪先生解釋王國維之死爲殉「三綱六紀之傳統理念」，以其落空無著而不能不死。我個人以爲梁巨川之死則是哀「天地君親師」之倒臺而不能不殉。天理抽象、君不復尊，則客觀可尊者惟「師」一倫，聊以維繫華夏之認同，梁漱溟之聖化孔子至認絕不可批，其故或出於此？而他至終對毛澤東存好感、懷敬意，又似乃父「尊君」意識之復活，聊以寄託個人之懷抱——以風車爲巨人，尊妓女爲聖女，雖九死而不悔，其唐吉訶德精神亦何讓於乃父？〈桃花扇〉最後明社既屋、天翻地覆，張道士乃棒喝侯方域曰：「呵呸，兩個癡蟲，你看國在那裡？家在那裡？君在那裡？父在那裡？」這是三百年來一大問，也是近代中國最致命的一問啊！

不滅的燈

——紀念金祥恒教授

金祥恒教授的過世，是國內學術界極大的一個損失，他的死於車禍，更引起識者一致的震悼。近一個月來，有不少師長和同學談起金先生，言下都不勝感慨與懷念。

我不是專治文字學的，對金先生這一方面的成就實不能贊一詞。然而我不但有幸上他的文字學課，並且他還是我進臺大唸書的第一位導師，二十年了，我始於忘不了這位可敬的長者，以及他所給我們的很特別的教誨，從這些教誨中，很可以進窺一代學人對學生及對自我的期許，而這一期許對於有志文學的大孩子當時卻是不容易理解的。

金祥恒先生是一位非常盡責、非常關心同學的導師，因此我們常有機會與他談話、聆聽教誨。他第一次接見我們的時候，我以爲他一定告誡我們要好好修文字學，但沒想到，那一回他並沒有談學業方面的事，反而談了不少做人方面的事。印象最深的是，他要我們效法發明電燈的愛迪生，作一個像愛迪生那樣的人。這話聽在一個文藝青年的耳朵裡是很感覺奇怪的，我們是來學文學的，跟愛迪生有什麼相干呢？但看金老師說得很認眞，雖然心裡納悶，也就沒再多問，姑且把它當成「勸世良言」吞下去了。

奇怪的是，我上金先生課一整年，聽他私人談話也有許多次，這些課、這些話都記不得了，惟獨那一句令我納悶的話始終沒有忘記，印象淸晰深刻，就像昨天才聽見的一般。隨著年事漸長，我回憶這件事，漸漸可以明瞭，金先生以愛迪生爲喩，應該是要我們做一個實際有用的人，一個能夠燃燒自己、照亮社會的人，在黑暗裡發出光明的人。現在想想，金先生本身就是這樣一個人，他之以此鼓勵我們，也就不足爲奇了。

文字學是國學的基本工具，它能燭照幽暗，使人看得更淸楚，這不是電燈嗎？它本身不是一門譁眾取寵的顯學，而是非常寂寞的一門學問，燃燒自己、照亮別人，不也像電燈嗎？最可貴的是，金先生爲人絕無文人相輕之惡習，反之他非常推崇前輩、同輩甚至晚輩的成就，上課時常聽他讚美別人的成就，很少提到自己，這樣不以自我爲中心，這樣以彰顯別人爲職志的學者實在不多見，「他必興旺，我必衰微」，這種精神，不也像煞電燈？我平生所見識過的文人，多半是脾氣特別大，心眼特別小，及看到金先生，不覺眼前爲之一亮。更可喜的是，金先生雖治小學，但是對於文學，不但不排斥，反而非常愛護，常勸我們要多寫、多發表，爲新文學多作一些貢獻，這一份胸襟雅量也是難得一見的。我後來聽說金先生早年也熱愛文學和寫作，遺憾他沒再寫下去。但我現在想一想，他樹蕙滋蘭的意興，他光風霽月的人品，他淡泊寧靜的風格，他桃李滿門的風光，這本身就是一首絕好的詩篇了，又何必一定要執著於文字相呢？

金先生死於意外，很多人爲此嘆息，天道幽遠、鬼神茫昧，何以善人不得善終？其實我們看看蘇格拉底、林肯、甘地，就不意外了。耶穌及其門徒也都慘死，司提反被亂石打死而見天開，足證義人在世多有苦難，上天的手在他身上一刻也不放鬆。生死都是歷練人的東西，要義人配得永恒。金先生永遠是我們心裡一盞不滅的燈，從今時直亮到永遠！

時窮節乃見

——向龔品梅神父致敬

蘇武牧羊是我們都熟知的歷史故事，也是國人都能琅琅上口的一支名曲，甚至連小學生都會唱：「蘇武，牧羊北海邊，雪地又冰天，羈留十九年，渴飲雪，飢吞氈，野幕夜孤眠……」愛音樂的我，從很小年紀就深深被它感動了。白髮蒼顏，手持旄節的蘇武，在我幼小的內心深處，有他一個不朽的神龕。年事漸長，閱人較多，才發覺到，所謂「心酸百念灰，大節仍不少虧」，這是眞正不容易的事！

二十世紀是一個非常功利主義的時代，一般人所念念在茲的乃是「何以利吾身？」而少有問：「何以致吾身？」的，因此對於蘇武的故事，不免當神話視之，最多也只是尊而不親、尊而不重罷了。在舉世滔滔的風氣下，眞不敢想像還會有像蘇武這樣的人出現於斯世。

然而，就在最近，有兩位大陸出來的主教接受了輔大頒贈的榮譽博士學位。這兩位主教因堅守信仰而被中共分別監禁了二十三年及三十年，他們就是廣州總主教鄧以明和上海主教龔品梅，論他們爲義受迫害、爲信仰受監禁的歲月比蘇武還要長，受到的威迫利誘和百般折磨也比蘇武還要多。面對白髮蒼蒼、飽經風霜的長者，彷彿看到現代的蘇武，眞有空谷足音之感！

在這漫長的二三十年歲月裡，中共多次勸誘他們，只要放棄信仰，參加「愛國會」，即可「無罪」開釋。但這兩位可敬的長者爲了持守所信、活出見證，絲毫不爲所動，寧受迫害，甘心殉道，這不但在今天是不容易的事，卽在往古也殊非易事。在《福音》裡記載，彼得有三次不認主的記錄，耶穌被釘的時候，過去矢志效忠的門徒都作鳥獸散了，這些人都還是親眼看過耶穌大顯神蹟的見證人，孰料「大難來時各自飛」，沒有一個大節不虧的！這些人一向吃主的、喝主的，一旦利害當前，卻來了個「去你的！」人的本相，有時竟是這樣的不好看！與這些大門徒相比，龔、鄧二位主教的表現實在是出色的。不過，在復活節後，十二門徒（除了約翰）也都勇敢殉道了，誠如譚篤良所言：「這些殉教者的血，正是聖教會的種子。」「一粒麥子死了才能長出千萬粒麥子來！

由這二位主教的受難，也看出共產黨對宗教信仰之仇視，只要中共一天不放棄「四個堅持」，人民就一天沒有眞正信仰的自由。馬克斯和恩格斯在「共產黨宣言」上說得非常明白：「共產主義廢除永恒的眞理，廢除一切宗敎，以及所有的道德。」在過去半個世紀中，鐵幕內對宗教的迫害是史無前例的。蓋唯物論者完全把人當物看待，徹底否認人的靈性，以爲人只要吃餅得飽就沒事了。然而當我們看到在東歐各國天主教的大復興，在中國大陸地下教會之空前蓬勃，看到西藏同胞之不屈不撓，這一切可歌可泣的事實都證明，人活著確實不止靠食物，而更渴求生命的活水、靈性的糧食！這些都不是共產主義所能提供的，也不是暴力能打倒的。共產黨可以摧毀千萬座教堂、廟宇，但人心深處對眞神、對眞理的渴望卻是越壓越旺，眞是應了經上的那句話：一粒麥子死了，千千萬萬子粒就要長出來！

「時窮節乃見，一一垂丹青」。兩位主教不但見證了十字架的大能大愛，更說明了眞實信徒是「爲信仰而生活」，與那些「爲生活而信仰」的功利之徒，實在有天壤之別、麥莠之分，不可不辨也！

一位牧者的自傳

——兼懷寇世遠先生

胡適博士生前非常重視傳記文學的寫作，也因此特別鼓勵國人撰寫自傳。可惜為國情所限，多少年來國內寫自傳的風氣並沒有被鼓吹起來，傳記文學的盛況遠不如報導文學或所謂的「環保文學」，這，不論站在文學或史學立場來看，都是很大的一個損失。

國人之雅不欲寫自傳，自然和傳統國情有關。有功不能自伐，有過礙難啓齒，社會上又有許多「圖騰與禁忌」，加以「特別時期」遺留下來的「戒嚴心理」，種種條條框框，更為自傳的撰寫設下重重難關，不免使人望而卻步了！

中國人要能勇於寫自傳，敢於暴露自己，敢於打破圖騰（偶像）與禁忌（迷信），我想，應該從基督徒做起，因為破偶像、反迷信，最堅決的莫過於基督徒！而也唯有真正重生得救的基督徒才敢於暴露自己的罪過，承認自己的缺失，把自己不好看的一面呈現人前！所謂「認罪悔改」是耶教的「基本功」。在古代，悔罪需在大庭廣眾，眾目睽睽下爲之。在近代，天主教也還維持了「告解」之禮，爲教會大禮之一。看過瑞典導演柏格曼名片「第七封印」的人一定都還記得，片中罪人遊街、自我鞭笞，集體悔罪的血淋淋的鏡頭！直到馬丁路德改教時這種場面仍不時出現在歐洲各地大街小巷！天主教彌撒中至今保留信徒捶胸自訟：「我罪！我罪！」之儀式，凡此種種都說明了，「認罪悔改」在耶教傳統中是何等先決、迫切的「基本動作」，因爲由信仰的觀點看，若不徹底認罪悔改，又如何能重生得救呢？

在這一個萬分看重「認罪悔改」的大傳統下，西方人不以公開認罪，自訟自責爲恥，因此「自剖性」的自傳文學頗爲發達。反之，東方國家，特別是中國人，有一個「面子問題」作梗，自傳的寫作就大受攔阻了！今天我們所能看到的比較像樣的自傳，大抵多出於耶教徒或受西方文化影響極深的人物之手——如沈宗瀚，如胡適本人——正是這個緣故。

近讀名牧寇世遠先生自傳：《被恩待與被憐憫的》（宇宙光出版），更加強了我對於基督徒應當帶頭寫自傳的信念。我本人與寇監督素昧平生，甚至無一面之緣！不過他的電視佈道節目「天人之間」我時常收看，堪稱忠實觀眾。他的證道集我也拜讀過許多册，更是受益匪淺。對於這位一代名牧，可謂神交已久！前兩天聽說他因心臟衰竭而溘然長逝，更感覺是教會的一大損失，而不勝感懷。好在他證道集收錄生前的講章十分完備，他的電視節目也存留了他的音容笑貌以及他平生最有代表性的信息。至於他的自傳，則不但記錄了他的心路歷程，並且也反映了這個劇烈轉型的大時代，是非常有價值的一部見證。

和一般牧者不同的是，由於家學淵源，寇先生中國文化素養異常深厚，經史子集都有根柢，因此他很強調活用中國文化來詮釋聖經和傳佈福音，他一直到生命的最後一刻仍在為「進深學房」，亦即透過中國文化向大陸同胞宣教的事工而努力！為了這一異象，可說是鞠躬盡瘁了！基督教在中國社會始終被視作「洋教」，教會始終予人「非我族類」之感，而基督徒在國內人口比例上始終是極少數，個中原因固不單純，但是一般牧者未能給予中國文化充分的重視，更無法和中國文化、風土人情打成一片，由「入乎其內」而「出乎其外」，致使教會和社會始終有一種說不出的疏離感，不像佛教和中國社會那樣水乳交融，這，是耶教本身的一個大問題。

其實，細閱四書五經可以發現，中國文化也是本於天道而落實於人道的，它承認有一個活生生的造物主，而天地萬物人類都是由祂創生的，這裡面就有和耶教的接榫處！至於儒家最強調的「性善」說也必須給予肯定——《聖經》開宗明義說人是依照神的形象創造的——這其實還是一種性善論。為了強調救贖之恩而把人性貶到一無是處、無可救藥——這不但中國人礙難接受，實則也有違《聖經》本義——人能接受至善的神，畢竟是因為人性中有承自父神的「善根」（神的形象）所致！觀乎寇氏自傳中對母愛的高度頌揚，卽多少可以看出一些「神的形象」，而人能「得救」這一事實本身卽證明了人並非「無可救藥」的壞，這一關打通了，基督信仰和中國文化間才能開始作眞誠的對話。

一九九三・七・二十三・〈青年副刊〉

百年中國父子心

——談胡適和毛澤東的父親

在大人物背後都有了不起的女人——這是大家都熟知的一句話。事實上根據心理學家研究，父親對兒子的影響有時更超過母親，這是佛洛依德畢生研究的心得。本世紀中艾力克森Erik H. Erikson根據這個理論作了好幾本偉人的研究，所括甘地、路德，特別是在馬丁路德的研究中，他把父親的影響力提高到文化層面上來，指出路德的「仇父」情結使他在地上失去認同，轉而求認同於天上，結果耶穌基督滿足了他失去的父愛，彌補了他認同上的危機。而羅馬教皇也取代了乃父，成爲他反叛的對象。就這樣，由於路德的父子失和，爲新教革命埋下了雷管。新教革命所帶出的良心自由，啓發了思想信仰一連串的自由，啓動了政治經濟一連串的革命，從此中古盡而近代出。路德父子的齟齬竟拉開了近代世界的序幕——父親的影響力不可謂之不大了。

當我放下艾力克森的《青年路德》思緒由西歐轉回中國，不禁立刻聯想到兩個人，一個是胡適，一個是毛澤東，一個是文學革命的導師，一個是共產革命的巨魁，他們也是艾氏所謂「普世背叛人格」之典型，影響中國，力莫大焉！在相當的程度上，可以說都是中國的「路德」——中國的「抗議派」protestant，「改教者」reformist！他們的父子關係如何？他們的革命事業，是否也和父親有密不可分的關係？如果他們的父親換一個人，是否他們就不革命了？這些假設性的問題本是無解的，用不著太傷腦筋。不過，胡適和毛澤東的父親對他們影響之大絕不下於路德，換言之，在推動中國的革命上，胡毛二父也不能略去不談。

胡適三歲多就死了父親，成了孤兒，和毛澤東比，這是不幸卻也是大幸！胡適的父親胡傳（鐵花）由於一死成了完人，透過胡母的美化神化，在小胡適心目中早已超凡入聖，無懈可擊了！因此父雖早死，卻不影響胡適的認同，他一輩子希聖希賢，要重建文化，實在是走了他父親尊敬程朱、重修祠堂的老路。胡傳重視思想、懷疑和驗證，到了胡適就走到杜威、赫胥黎的路上去了。胡傳死守臺灣，做了臺灣民主國第一批犧牲者，胡適之歸老臺灣，盡瘁民主，也不啻走了乃父的老路。最妙的是，胡傳畢生致力地理、研治河工，胡適也搞了十幾年的《水經注》，父子連心，一至於此！最重要的是胡傳反對佛教、不信鬼神，胡適自十歲左右就啓了蒙開了竅，對中古印度出世思想張起叛旗，六十年中沒有絲毫妥協讓步。他以懷疑對抗盲從，以理性對抗信仰，窮畢生之力與中古精神（包括孔家店）抗戰，其沉雄壯烈和馬丁路德之反抗中古如出一轍。然而，路德是因「仇父」而反叛，胡適卻是出於孤兒的孺慕心切；路德是以反抗教皇來反抗父權，胡適卻是要反對父親所反對的、復興父親所要復興的，理性、人文、淑世的中國根柢，胡適在此得到認同和整合的心理滿足！

至於毛澤東，情況就完全兩樣了，毛的父親毛順生專橫霸道，儼然暴君，與路德之父同一戲路！由於他高壓專制，把小毛逼成了「反對黨」，自幼聯合母弟與乃父鬥爭，成爲「戀母仇父」的一大樣板！十三歲那年，毛父當衆罵他「懶而無用」，他被激怒而反唇相譏，並憤而蹺家。毛父追殺而至，命他下跪認罪。毛見乃父來勢洶洶，又後無退路，就指著跟前的水潭以死相脅。僵持半天，乃父只得讓步。毛由此體會到反抗鬥爭的樂趣，他晚年回憶說：「這事讓我體會到，當我敢公然自衛的時候，父親就軟下來了。可是如果我一味順從，他只會打我更兇！」他後來把這經驗總結爲三句話：「與天鬥，其樂無窮，與地鬥，其樂無窮，與人鬥，其樂無窮！」對於毛「階級鬥爭，一抓就靈」，要「天天講、月月講、年年講！」這些固有得於馬列眞傳，但早年「與父鬥，其樂無窮」的經驗，無疑是爲他及早開了馬列之門。斯諾回憶與毛談話，說從未見過一個人對父親如此反感厭惡！如此罵得體無完膚而引以爲快！毛晚年對紅衞兵訓話，還特別說「我那老子也不高明，若活到今天，也該讓他嚐嚐坐飛機（一種刑罰）的味道！」毛之迷信鬥爭，徹底與舊中國決裂，要有恒地去搞「文化大革命」，不能不說和他的「仇父」心理有一定的關係。

其實胡適和毛澤東都是「文化革命」者，但不同的是：胡適早年喪父，沒有父權橫阻，對他，傳統不推自倒，不構成心理障礙，很容易走上維新之路。但他愛父情深，不忍與傳統決絕，於是在「演化」和「革命」間採取了「文藝復興」的中庸之道。他三十歲以後把「文學革命」定位在「文藝復興」之中，復興人文、理性和白話文的活傳統，這使他的革命有了正面建設性的招牌，使它和世界潮流相結合，賦予它歷史傳承的縱深，大大加強了整合的幅度，大大減緩了反叛決裂的意味。而毛澤東至老堅持「革命無罪，造反有理」，這一種「普世反叛」的人格，雖路德有所不及。而他暮年口口聲聲要上天國見馬克斯，也似乎把馬克斯當成了他「天上的父」，與路德求補償認同於天父竟有異曲同工之妙！

胡晚年親赴臺南，爲父親過去的任所種樹題字，曰「維桑與梓，必恭敬止」，一時傳頌全臺。毛晚年與紅衞兵笑談乃父，只恨沒送他「坐飛機」，也轟動一時。懷想三歲的胡適在聽到父親噩耗時的震驚，回想毛澤東在水潭邊與父親鬥法時的震怒，自由民主與共產極權已經暗中醞釀在那窮鄉僻壤之間了！世變雖巨，其幾甚微！今年是胡適百年祭，後年是毛澤東百年祭，回首百年滄桑，目擊洪澇橫流，眞不禁令人想問：「蒼茫大地，誰主沉浮？」或許竟是那人心最深處不由自主的愛與恨，在冥冥間主持這世運的浮與沉吧！

解除毛澤東神話

今年（一九九三）是毛澤東出生一百週年，在中共大力重建「毛神話」，大搞「毛熱」的同時，世界各地的學者也在紛紛爲「毛神話」解構，爲「毛熱」降溫，相對於毛生前舉國膜拜、全球風靡的盛況，他的種種神性光環可以說是「俱往矣」！

在毛百年誕辰的前夕，大陸的正直敢言之士都一致對毛提出了嚴厲的批判——白樺、鄭義、魏京生、蘇曉康……他們的論點各自不同，但對於毛的評價卻一律都是反面的，其中尤其以甫出獄的魏京生說得最具體深切，他說：「毛差不多把整個中國拖上一條充滿了殘酷奸詐和貧窮的道路——間接造成上億人被餓死，另外上億人民流離失所，沿街乞討；另外上億人因政治迫害而長年累月承受著心靈和肉體的痛苦！這樣一個人，無論和中國還是外國最大的暴君相比，也有過之而無不及。也只有在這些方面，他才的確算得上是『偉大』，甚至是『古今第一人』、『空前絕後』的大人物！」

「魏京生這番話發表在這一期的《開放》雜誌上，是他出獄後的「新作」，也是他在獄中多年反思的結論，因此他沉痛地表示：「我自己少年時代就曾是毛澤東的崇拜者之一，大夢醒來後深深陷入痛悔與自責之中！」這是魏京生痛定思痛的自白，也是千千萬萬良知未泯、大徹大悟的大陸知識份子的心聲，在毛百週年提出，最有意義，也最令人感慨！也許有人會認爲，他們都是被中共所迫害的異議份子，因而才有這些反面論調。然而事實上，在今天全球各地，卽使在與毛毫不相干的外國學者之間，也是一片批毛、貶毛之聲！比如英國學者施然 Stuart Schram 就稱毛爲「現代暴君」。哈佛大學教授麥法格認爲毛不過是中國近代史上之「過渡人物」。布朗大學史學教授高德曼則認爲毛對中國大陸是「七分過、三分功」。美國國務院前亞太事務助理國務卿索樂文則把毛定位爲「反面教材人物」。毛晚年的「貼身醫師」李之綏和賽斯頓醫生更證據確鑿地指出毛患有嚴重的妄想狂，基本上是個精神病患！

和六〇年代左右西方學者一致推崇毛澤東的盛況相比，毛的神話確實已經徹底解構！他在歷史上的地位，除了詩詞還有可觀外，恐怕大體上是以「反面人物」來蓋棺定論了。比如史學家余英時先生就屢次指出毛只是一個「打天下的光棍」，一個中國歷史上「邊緣人物」之代表。然而，做爲影響近代中國最大（儘管是反面的影響）的一個歷史人物，何以毛能夠以「邊緣人」打出天下，何以能以一個「光棍」而坐擁江山，又何以竟以一有妄想症的精神病患，而造成中國近代最巨大的政治「神話」？這，需要更深入的研討和說明。

整體看來，毛的神話基本上是與中國傳統「聖王」神話和近代西方共產主義「救世神話」相應而生。沒有「眞命天子」、「聖王」之個人崇拜傳統，毛無法被偶像化、神化。沒有共產主義爲「救世主」的神話，毛也不能奪得政權。而毛個人「奇力斯馬」的「魅力」，正是由中西這兩股神話經「辯證」而造成的。概括言之，毛之所以對上一代中國人造成「致命的吸引力」，主要在於毛及共產主義具有三種特質：一、反西方的西方，二、反中國的中國，三、反道德的道德。共產主義是出自西方而反對西方的一套意識型態，因此它能同時滿足國人自清末以來，既「崇洋」又「排外」的矛盾心理。共產主義所標榜的均平、無產思想，又暗合「不患寡而患不均」和同情農民、爲富不仁的傳統觀念，而表面上他又是反儒家反傳統的，因此又同時滿足了「五四」以來既反傳統又民族主義的矛盾心理。共產主義自稱爲打破舊社會秩序可以背叛一切舊道德以成全其最後最高的新道德，這種既反道德又「超」道德的訴求，也滿足了人們對新舊道德的矛盾心理。從清末民初中國一直處在新舊斷層之間、東西夾縫之間，人心矛盾，形勢詭異，因此毛挾著共產主義先天的矛盾辯證的詭論自是「暗合」於這個時代和社會的大氣候，余英時先生說毛「非神非魔，而恰恰是歷史條件的產物」，正是一針見血之論，而毛何以至死不肯拋棄他對矛盾律、辯證法、鬥爭論的癖好，也正是其來有自，而且是他的「本命元辰」的啊！

由神祕主義的說法，毛的「小八字」恰好配上了近代中國大轉型期「大八字」，要擺脫毛的陰影，中國必須順天應人，重新造命、立命，徹底揚棄「非仁之仁」、「非義之義」、「非理之理」、「非道之道」之詭論，才能解除毛咒，重見天日！

一九九三・十二・十七・〈青年副刊〉

似曾相識燕歸來

——傅聰先生印象記

這一次旅英鋼琴家傅聰先生在臺北國家音樂廳演奏莫札特鋼琴協奏曲，我也附庸風雅去聽了一場，將近兩個鐘點的精采演出，令人渾然忘我，終身難忘！

莫札特是我自幼崇拜音樂家中的第一人！而悠悠四十年過去了，這卻是我親睹傅聰先生廬山眞面目的第一次，此中意義足資紀念！莫札特是音樂神童，絕頂天才，而傅聰先生幼負夙慧，英華早發，以天才詮釋天才，眞是奇情逸采，星月相輝！在我所聽過當代演奏莫札特的名家中，幾乎沒有超過傅先生的了，這眞是中國人的光榮。

也許是回到自己的國土上，面對自己的同胞，傅聰當晚似乎興致特別高，三首協奏大曲外加兩首慢板安可，眞是卯足全勁，使盡了解術，給國內帶來極豐富的音樂饗宴，也爲「莫札特在中國」推上了第一波的最高潮！我個人在這場演奏會中的收穫尤其多。以往以爲音樂用耳朵聽就可以，如今才知還要現場看才好，音樂反映人生，演奏表現人生，這「表現」是整體的，身心全體都要動員才行。這次傅聰依古制，同時演奏同時指揮，眞是手舞足蹈、馬不停蹄，現代很多人不贊成這種「古風」，認爲會影響演奏——不錯，傅聰這次就馬失前蹄，在第一曲第三樂章裡就出了個岔子而不得不從頭來過。但小疵不掩大瑜，一方面見識了傅聰指揮之才不下於他的演奏，那是神乎奇技的指揮！一方面也使樂曲氣勢更渾淪，詮釋更統一，絲絲入扣，幾至天衣無縫……而偶然的失誤，顯得更有人間情味，更近眞實生活，而大師的至誠不苟，更留下最可敬最可愛的風範！

由於親睹他的指揮與演奏，這種雙重詮釋，使我對莫札特的音樂有了突破性的體認，這是聽錄音帶所做不到的，所謂樂斯陶、陶斯咏、咏斯猶，不覺手之舞之足之蹈之，從指揮手勢變化才能透視樂曲的內在脈動，觀其起承轉合，收放縱橫的妙趣所在。用「氣韻生動」說明他的指揮是最恰當的了！「金針度人」，若非他親自指揮，觀眾只能看見半面鴛鴦的綉工！

傅聰先生向有「鋼琴詩人」之美譽，甚乃有「中國蕭邦」之雅號，由於國破家亡之痛，他彈的蕭邦比波蘭人還蕭邦，然而在年逾五十之後，道藝雙成、人琴俱化，他對莫札特的詮釋猶超過了蕭邦。傅聰以他中國詩詞文學的深刻造詣、不斷精進，終能突破蕭邦的「無可奈何花落去」，掌握到莫札特的「似曾相識燕歸來」，所謂五十而知天命，其此之謂與？

傅聰曾說蕭邦像李後主，莫札特則近乎《莊子》、《紅樓夢》境界，這話眞一點不錯！所謂「海風吹不斷，雲垂大鵬飛」，那種旌旗飛動、橫絕六合的凌雲逸態，惟「逍遙遊」差可比擬。傅聰給他公子取名「凌霄」，足見其精神深處與《莊子》相通，與莫札特相近！神童曲中超脫一切的自由，是音樂界的奇蹟，古今無人可比。而他戲劇性的豐饒姿采與迷離情味，亦只有紅樓一夢近之。曲終人不見，江上數峰青，惟神童能之！

我曾有詩說「上帝說要有音樂，於是創造了莫札特，然後他才進入眞正的安息」，莫札特音樂是伊甸園裡的東西，基本上是無可傳達的。然而傅聰以一介中國人卻能傳譯得如此毫髮入神，這也是一大奇蹟！古典中國藝術性的超凡心靈才能把東西方結合得這麼美妙。但願河清海宴、神州重光，中國人要爲世界人類再出幾個莫札特、再出幾個傅聰才好！

一九九一・二・七・〈中央副刊〉

典範的突破

——觀大師畫展有感

今年可以說是臺北地區乃至臺灣地區的藝術年，許多中外名家都在今年「來臺」展出作品，前有法國的莫內、羅丹，後有國畫大師張大千、溥心畬和李可染，這些藝壇大師級的作品，給炎熱的寶島帶來空前的「美麗的騷動」。

古今中外，藝壇大師可謂代有其人，史不絕書，然而，難得一遇的是「轉型期」的大師——他們不僅需要有過人的才藝，還要有承先啓後的突破，也就是超越舊典範，創造新典範的大破大立的成就。所謂「典範」Paradigm，原是當代科學史家孔恩所擬的一個名詞，大意是指一套思想、感受和表達方式，常歷數百年而形成一種法式，一般思想家創作者都必須以這個法式爲天地，而自謀一個生存的空間。而當這塊天地已不足以應付外在世界巨變的衝擊，又不足以供給創作之內在需要的時候，就會產生「典範革命」的形勢。比如「五四」

以後文言被白話取代，舊詩被新詩、現代詩取代。比如二十世紀初，牛頓爲代表的古典物理學被以愛因斯坦爲代表的「相對論」取代……這種典範的革命，在藝術界也同樣不可避免。而唯有典範的大破大立，才能承先啓後，開創一片新天地！

以「典範」的觀點來看，莫內、羅丹、張大千和李可染可以說都具有革命性的意義，其中比較不具典範革命意義的應屬溥心畬。不過，長遠地看，溥心畬的畫也可說是舊典範的「最後一人」。因此這幾場世紀性的大展，也都可以視爲一些近代藝術的「典範展」。誠如李可染所說，對於傳統，要「用最大的功力打進去，用最大的勇氣打出來」！既要深深「入乎其內」又要高高「出乎其外」，因此他說：「所貴者膽，所要者魂。」膽大所以突破傳統窠臼，不拘一格地把握造化的神髓！李可染的這幾句話不但是他個人的標竿，也是衡量古今中外一切藝術家是否具有典範意義的標準。事實上，張大千、莫內、羅丹都達到這個標準了！

藝術到了十九世紀末，不論中西都面臨了典範革命和轉型的關頭，老的法式無法表現新世界、新時代的新精神，因此如何尋求一套新的美學語言成爲中西雙方新的課題。在莫內，以及印象派畫家，則以光與色的「微分」和「積分」透過剎那間印象的變動不居、千變萬化來表達現代文化「世俗化」、「當下化」、「片段化」、「多變化」特色，所謂「七寶樓臺，拆下來不成片段」，這，正是現代化絕異於傳統文化的地方。永恒的、不變的、靜態的主題和背景逐漸淡出了，因此，印象派以後的西畫中宗教題材大幅減少了，而現代畫中任何派別的風格也都不大適合於宗教的題材，藝術之反映現實人心，正是毫釐不爽！這次國人所見之莫內繪畫中完全不見宗教「色彩」。羅丹的雕塑品中雖有不少以但丁《神曲》爲題材者，但和但丁相比，已顯然是世俗的精神了。

在國畫這邊，大千先生的畫表面上看很「傳統」，但他中年以後的「大潑墨」確實突破了傳統的設色法。他在比如「四天下」這類的大畫裡，也以「水在山上」的奇特佈局打破了傳統的「構圖法」——所謂「高遠、平遠、深遠」者。大千先生默默取法於西方印象派及現代主義者亦多，比如荷花中光色之微妙變化，比如山水畫中空間的大膽組合，也都看出立體派的影響，他和畢加索之相知相得，並非偶然。

綜合這幾位大師的展出，最值得注意的是，他們的突破典範，大多借力於另外一個大傳統——莫內之取法於東洋畫，大千之有得於印象派、立體派，李可染之參酌素人畫以及表現主義。但是在取法他方之外，卻也不失其傳統之立足點，莫內畢竟以西方傳統上對「光」的運用爲經緯，張大千和李可染則以中國傳統中對「氣」的運用爲依歸。因此可以說，雙方都是「萬變不離其宗」——典範上有突破，但畢竟是在大傳統的根基上求新求變，並未失去各自的認同。這種「守經達變」、「推陳出新」的功夫，正是大師之所以爲大師之處吧！

《易》曰「天地變化草木蕃」，有變化才有成長。在進入後現代社會的今天，典範和傳統勢必面對更大的衝擊和挑戰——時時求新、處處求變，反而要成爲創作的「常經」和「大典」了呢！

一九九三・九・二十四・〈青年副刊〉

書影小輯

告別「恐龍」時代

——《胡適文選》之再解讀

日前中國青年寫作協會邀集了學術界和文藝界人士，共同研擬一份書單推薦給青年朋友，其中包括了新詩、散文、小說和文學理論及批評各個方面的代表性作品。我有幸被分在散文一組當中，經過長久的思考和討論，終於也選出了現代散文中最具代表性的四十本著作，希望能夠對這一代的青年文藝愛好者多少起一些嚮導作用。

這四十本書自然是大家集思廣益後共同擬定的「草案」，掛一漏萬、滄海遺珠之憾在所難免。不過，其中最令我個人遺憾的是，在知性散文中，未能把《胡適文選》列入，雖然距初版至今，已經悠悠六十一年過去了，作者早已成爲歷史人物，世事變遷也非作者當日所能預見。然而，在今天回顧這本小書，大體上仍不覺其過時，作者許多重要意見，仍不乏鍼砭時弊之用。對於九〇年代兩岸的中國人，不論在民主、科學和文化各方面，仍是一本啓蒙的必讀書。《胡適文選》是胡適本人親自選輯的一本代表作，是四大册《胡適文存》的一個精選本，二十二篇文章共分爲五組：一、泛論思想方法。二、論人生觀。三、論中西文化。四、對中國文學的見解。五、對整理國故的態度和方法。這些文字在六、七十年前對中國發生過極大影響力的，特別是在中國的現代化方面，它起過決定性的塑型作用，卽使以歷史的意義看，也是不朽的文獻。而事實上，儘管國內若干比較「前衞」的知識份子已經在高聲宣揚「後現代」主義了，然而就廣大的社會民眾——又特別是在海峽彼岸的廣土眾民而言，中國仍是一個有待全面啓蒙的「前現代」社會，甚至在許多高級知識份子的內心深處，也仍不自覺地處在「前現代」狀態。我們現代化的路程走得如此辛苦、坎坷，如此變怪百出，正因爲缺乏思想啓蒙和精神的轉換。

在思想方法部份，胡適的名言「少談主義、多談問題」在六十年前舉國瀰漫的「主義」狂裡幾乎是孤掌難鳴，完全不起作用。梁漱溟對胡適的質疑最能代表當時國人渴望對中國問題有一個全盤的、徹底的解決，對胡適的「一點一滴」的改良態度自然感到緩不濟急。然而六十年過去，「意識形態」全面解構，意識形態間的對抗也已消散，不論此間的「務實政策」，或對岸的「摸著石頭過河」，都是「問題」取向，而非「主義」取向了！許家屯所說

「資中有社」、「社中有資」、「你中有我、我中有你」乃是實情。凡人中沒有救世主、沒有萬靈丹，這是國人很大的覺悟。六十年過去，人們終於發現，政治社會問題無所謂「解決」，而只有「改進」。文化問題無所謂「解答」，而只有「解釋」，人類犯不著爲了沒有絕對答案的問題而大動干戈，爲了不同的解釋而彼此敵對，一點一滴的改進畢竟是文明發展的正途。

胡適曾說：「一切主義、一切學理都該研究，但只可認作一些假設的（待證的）見解，不可認作天經地義的信條；只可認作參考印證的材料，不可奉爲金科玉律的宗教；只可用作啓發心思的工具，切不可用作蒙蔽聰明、停止思想的絕對眞理。如此才能漸漸養成創造的思想力，才可漸漸使人有解決具體問題的能力，方才可以漸漸解放人類對抽象名詞的迷信。」這段話眞可以和《老子》之「道可道非常道，名可名非常名」相互印證，這，是一條活路！打破一切條條框框，扔掉一切棺材板，解開一切裹腳布的活路！

去掉意識形態的裹腳布之後，人心裡不再有什麼東方西方、中國外國、傳統現代、姓社姓資這些條條框框，而能全方位地向世界開放、全方位地去蕪存菁、全方位地新陳代謝、脫胎換骨，能自由自主地作選擇、自然而然地行變化——這才是生之道！胡適所謂「在這大工作（救國）的歷程裡，無論什麼文化，凡可以使我們起死回生、返老還童的，都可以充分採用，都應該充分接受。我們救國建國，正如大匠建屋，只求材料可以應用，不管他來自何方！」

在今天這個大解構、大融合的「歷史冰河解凍期」裡，談「中體西用」或「西體中用」、談這個「道統」、那個「道統」都是「前冰河期」「前現代」的骨董了，骨董可供觀賞、可發思古之幽情，但就像恐龍，它的本身是再大也不活了，它的時代是一去不復返了！

一九九二・六・十二・〈青年副刊〉

林語堂的「信仰之旅」

前不久播出的一個電視節目裡，訪問了林太乙女士，談到了她所寫的《林語堂傳》，同時也訪問了國內幾位學者和文化界人士，談到他們對這本書的看法。大體上，大家都認爲她書中寫家庭的那一部份寫得最好，因爲這一方面的「內情」不是外人所能深知的。事實上，林太乙女士在材料的取捨方面也頗具慧眼，許多在林氏中譯著作裡看不到的資料，在傳記中多予以補足，這一份貢獻並不亞於她對林氏家庭「祕辛」的第一手掌握。

舉一個例子來說，在中譯的《信仰之旅》中，林語堂詳細敍述了他如何從一個「第三代的基督徒」變成「異教徒」，又如何歷經儒道佛三家思想的曲折又轉回到基督信仰上。然而，在這一本十分詳盡的《信仰之旅》（原書名爲：《從異教徒到基督徒》）之中，卻沒有清楚說明何以儒道佛三家並未能滿足他追求眞理的心靈，又何以基督教最後還是贏回了這個一度離家的「浪子」，而這一點，恐怕是本書讀者最希望知道的一點。我個人的看法是：由於《信仰之旅》是寫給美國人看的，他的重點不免放在對中國文化思想的介紹上，因此在儒道佛三家上花了大量的篇幅。而美國是一個基督教國家，在五〇年代以前，還是相當虔誠的耶教國家，是以對基督教，以及他何以又回歸耶教的原委就不必像對中國三教介紹得那樣詳盡。但是作爲非耶教的中國讀者，對於這一部份的心靈轉折，就不是那麼不證自明的了。因此，要靠《信仰之旅》使人對耶教的超越性有所了解，甚至令人對耶教起信，顯然就有所不足了。

林太乙女士在《林語堂傳》中，補進了林語堂一九五九年寫給美國世界出版公司的一篇短文（可能是原書的一篇序文），這篇短文精簡扼要，提綱挈領地說明了林氏何以在「背棄」耶教三、四十年後，又從人文主義回歸耶教的主要理由。他說：「我發現，人類雖然日益有自信，卻沒有使他變得更好，人越來越聰明，但也越來越缺乏在上帝之前的虔誠謙恭，人雖然在物質上科技上進步，但他的行爲也可以和野蠻人差不多，我開始感到不安，我對人文主義的信仰逐漸減低……」由這一個出發點，他開始檢視東西方的人文教，也包括他在《信仰之旅》中大大「宏揚」過的儒道佛三教。他說：「佛教所根據的哲學是四大皆空，夢幻泡影，佛教是慈悲的宗教，太過於重視來世和出世的觀念。」至於道教，他認爲：「道教的先知——老子教我們回歸自然和對進步的警惕的說教不能幫助現代人解決問題。」總之，佛道二家在社會化和現代化方面，顯然遇到了難以轉化適應的問題，而多少是屬於「前現代」的東西了，新的病不容易用老的藥方去治療。至於儒家，林語堂在《信仰之旅》中說道：「儒家是實際的，容易遵行及了解的，但它妨礙對人生及宇宙的眞正性質作任何進步的審察。」換言之，儒家難以滿足人的終極關懷，它的人文主義如同近代西方的人文主義，無法解除人對存在之「終極不安」。由於這些內在外在的欠缺，林氏自云：「我不知不覺逐漸轉向童年時代的基督信仰。」

當初使林氏離開教會的原因，主要在於早期西方傳教士對中國人的優越感和愛心的缺乏，再加上西方神學教義過分偏重罪與罰，消極性超過了積極性，這在篤信「人性本善」的中國文人實難以笑納。而西方教會生活本身缺乏甜美的人情味也使他卻步。然而西方傳教士也不乏大有愛心的——在濶別了幾十年後仍能叫出他小名的，使他感動！而美國牧師中也有極會溝通的，能夠強調神的救贖與慈愛——如大衞・李德牧師，這使林氏「心安神樂」，不但重歸基督，並且重回教會！最主要還是耶穌自己的話語把他挽回，林氏說沒有人說過像耶穌那樣憐憫人的話：「天父，寬恕他們，因爲他們不知道自己在做什麼！」以及：「凡你做在最小的一個弟兄身上，就是做在我身上了！」林氏認爲這是「無可比擬的教訓」，他說：「我極受感動，覺得這是眞主的教訓！」他更表示：「上帝不再是無形的，祂經由耶穌變成具體可見了——這就是完整、純正的宗教。」信仰之旅到此結束，他找到永恆的家了！

一九九二・七・三十一・〈青年副刊〉

沈從文與海明威

傳統中國由於一直是在農業文化的籠罩之下，因此中國文學中的「原型人物」總是農人，而中國文學的基本情境總是「田園文學」，這種情況一直要到近百年來才有根本的改變。相對於此，西方在過去數千年遊牧文化和近代五百年的海洋文化主導下，其文學藝術則先以「牧人」爲原型，後以「舟子」（水手）爲原型。牧場與農村、海洋與田園、農夫與牧人舟子的對比，幾乎就是中西文學根本上的區別。

當然，西方在近代率先走上了工商社會和都市化的路，「市民階級」成爲現代文學最主要的「原型人物」，這在東方和中國現代文學中也並不能例外。但卽使在現代文學作品中，我們仍不時看到中國作家對田園農村，對農民生活之眷念，正如同西方作家不能忘情於牧野與海洋一樣。而卽使在現代都會的市民角色身上，中國的市民仍多少不失其田園鄉土氣息，而西方市民則無法滌除其馳騁牧野與乘風破浪的雄圖。在文學世界裡，這樣的例子舉不完，如果要找出最具代表性的，我想沈從文和海明威是很好的「見證人」。

沈從文的小說根本是傳統中國田園詩的放大，他的人物更是農民鄉下人（他以身爲鄉下人爲榮）之典型。他故事的背景多爲湘西之青山碧水、煙雨人家，他筆下的人物則都在小橋流水人家中默默向青山碧水討生活者，這些自生自滅的小人物簡直是跟大自然打成一片，他們的喜怒哀樂、生老病死也像春花秋月一樣，自然地來，又自然地去了。幾乎沒有任何「戡天役物」、「征服自然」之想。他們像春花秋月一樣美麗又平凡，歡愉又哀怨，神奇又卑微，他們是自然的一景，是自然的忠臣孝子和無悔的信徒，順天認命，死而後已！

試看沈從文的《邊城》，老爺爺和小孫女那樣可敬可愛的品格，是華夏山水所孕育出的最美麗的產物了！而甚至水夫、妓女也都有情有義有人味，他們忠於自然，忠於人性，使人幾幾乎看見當初放在人裡面的「神的形象」，春花秋月一般的神的形象！相對於此，我們看見海明威筆下的不屈的老人，忍饑耐寒與大海與鯊魚與歲月搏鬥，而終於九死一生，獵回一隻大魚骨頭架子，令全村稱奇而成爲英雄，夜來一夢猶夢見獅子！這海上老人與《邊城》的老人是大異其趣的——一邊是戡天役物，征服自然，一邊是順天認命，服從自然，一邊是英雄史詩，一邊是田園牧歌，一邊是自生自滅，一邊是壯心未已……

春花秋月的人生未免被動消極了，人性有餘而人志不足，流水落花春去也，人成了命運的奴隸。「老人與海」式的人生則人志有餘而去人性漸遠，偉大的搏鬥只換來大魚骨頭——這正是西方文化的縮影：西方有國會捍衞民主、有法院保障人權，有教會拯救靈魂，有大厦公寓供應生活。然而國會、法院內是肅殺的，教會公寓裡是冷清的，人死在公寓裡都沒人知道，蓋「民老死而不相往來」之故也！西方人拚了九死一生彷彿只贏來一些大魚骨頭架子——國會法院教會公寓都好都必要，但政治、法律、宗教、制度並不能安慰人——他們夢見「獅子」而不夢見「人」，這不是「老人與海」的翻版是什麼？他們追求到的不是魚骨架子是什麼？

春花秋月誠美，落花流水堪哀。怒海斬鯨固壯，徒留骨架則戚；中國之蔽在死守自然而埋沒了人志，西方之蔽在遠離人性以妄逐理想，兩造各失一偏，拯偏救蔽，有待乎雙方互補以求會通於中道！

一九九二・三・十八・〈青年副刊〉

朱光潛的《詩論》

中國素來是一個詩的民族，「興於詩，立於禮，成於樂」是傳統中國立國的精神和文化的理想。隋唐以降，朝廷以詩賦取士，更強化了這個理想，制度化了這個精神。曠觀世界三大古文明，大致上可以說，希臘是「知」的文化、希伯萊是「信」的文化，中國則是「詩」的文化。這三大精神在過去數千年間始終主導著人類文化的發展，儼然鼎足而立的世界三柱，各自撐開一片莊嚴的天空，其流風餘韻，至今未泯。然而，和西方「知」與「信」的傳統相比，在二十世紀最後的這一個階段裡，我們卻不得不承認，中國「詩」的文明，「詩」的傳統，是相對地萎縮了、沒落了！

其實詩的沒落不止是中國的問題，也是當今世界性的問題。詩在歐美，一直到「敲打派」，金斯堡、費靈格提，乃至於搖滾樂歌手鮑伯狄倫、約翰藍儂，他們的歌詩還是非常有市場，也非常有學院的！一直到七〇年代，詩，仍是校園和文壇的寵兒，在歐美有她的回光返照，在臺灣也有過一段小小的「文藝復興」，現代詩的蓬勃發展不論在質量各方面都超過了「五四」新文學運動以來的任何一個時期。然而好景不常，這二十年來，當世界各地都漸次跨入所謂「後現代」社會以後，詩運忽然一蹶不振了！它的市場先是被散文、小說搶去，繼之又被大眾視聽文化搶去。不但一般大眾不看詩了，就是一般「小眾」也不認眞看詩了。在美國，詩人之間彼此不看對方作品的情況已成常態，在此間，詩儘管不斷有人在寫，但二十年前的盛況已不復可見！比較地說，詩在中國，不但不是大眾文化，連「小眾文化」都談不上了！雖然這是個世界性的問題，但在以「禮樂之邦」、「詩禮傳家」自豪的中國，這，無寧是個更可悲的現象！

如同「知」的文化、「信」的文化式微一樣，「詩」的文化一旦沒落，它所意味著的不止是一種趣味的消失，而是一種生活方式，一種生之智慧、一種存在之理想的淪喪，鼎缺了一足，自然就站立不穩了。今天人類精神危機之根本原因，未嘗不出於這一種精神的失衡與失調。而中國文化危機的深層原因，和禮樂詩教的徹底崩壞有不可解的關係。詩，結合了禮樂，曾是中國文化的中樞神經、大動脈，所謂「興觀群怨」，它是中國人感受方式、思考方式、溝通方式、表達方式，甚至存在方式的總樞紐，是所謂「天人合一」、「物我同春」的小宇宙，詩，也可以說就是具體而微的「仁」字，這，在中國文化裡絕對是佔著中心位置的！但時至今日，「詩」，談不上了，「仁」更談不上了，只是「詩」與「仁」二者間的聯繫是關係著整個中國文化之命脈的，它的沒落不但關係著中國，事實上也關係著世界。

一直到清末廢科舉前，中國文人大都能詩，也能論詩，詩學在中國不可謂之不發達。古籍中詩話詩論之多，在全世界也找不出第二家。因此，說中國是一個深於詩教的國家絕不為過，詩，作爲一種生活方式，早已是中國文人的本能。不過，試將這些汗牛充棟的詩論詩話翻閱一過，卻也不難發現，其中閑談、清談的成分多，眞正嚴肅地談出一套系統，一套理論的少。「知其然」的作品多，「知其所以然」的作品少，能夠有嚴謹的科學或哲學基礎的，則簡直難得一見。大概在過去數千年間，詩既人人能之，成了「第二本能」，也就不需要在根本上再談它的存在基礎了。這種名士清談，飯後閑談式的詩論對於詩的「品味」比較有用，比如一種精神「食譜」，行家之間彼此交換心得，要言不煩，點到爲止，拈花一笑，悟者自悟。這種「圓而神」的詩論可以說是中國傳統詩論之主流，它在那個詩歌傳統生機仍自暢旺時，固然是積極有效的，然而一旦詩運衰竭，詩道式微，詩成了一種「陌生的文化」，這種拈花微笑式的「圓而神」的詩論顯然就不夠了！特別在我們這個講究論證性、合理性的時代，對於廣大讀者，比較迫切需要的乃是論證嚴謹的「方以智」型的詩論，這一種詩論不但要令人「知其然」，還要教人「知其所以然」，它不能是「拈花微笑」式的，而更好是

「金針度人」式的，並且這個「針」還必須是現代的針和針線，現代的度和度法，若不能把握到這一原則，只怕再好的詩話對一般人而言都要變成廢話了。

朱光潛先生的《詩論》在中國文學批評史上的意義，可以說主要就在於他把握到了時代的脈動，掌握住了現代詩論應有的原則。這本小書自民國二十二年初版，至今已歷悠悠六十年之久！六十年是整整一個甲子，在文壇上也足足三個世代了！古人有謂文風三十年一大變，回顧這六十年來中國文壇的變化也確乎是可驚可愕的！三〇年代基本上仍是「前現代」的、「過渡時代」的文風。五〇年代到七〇年代臺灣如火如荼地邁進了「現代主義」，這十年來則又悄然步入了「後現代期」，文風變遷之速，是過去數千年傳統社會中所未見的，各種文學派別、寫作風格、主義、時尚如潮起潮落，令人目不暇給，而弄潮兒的種種身段、把式，更如流星激射，令人眼花撩亂，有過目即忘之恨！因此有人說當今文壇乃是「江山代有才人出，各領風騷一兩年」，來得快去得急，有流星沒有恆星，大約是今日文壇的寫照。在這「東風夜放花千樹，又吹落星如雨」的盛況下，能夠讓我們感覺有「眾裡尋他千百度，驀然回首，那人卻在燈火闌珊處」的作品實在不多——創作不多，論作就更少，而朱光潛先生這本《詩論》，在悠悠一甲子後，所給予我們的，正是「驀然回首，那人卻在」的一分深沉的、恍然的喜悅！

朱先生寫這本書時，正是國內詩運已衰，詩道已微的時刻，古詩已然式微，新詩猶未成熟，而泛政治化的各種意識形態又復天羅地網一般地撒下來，這對於詩運眞是最凶險的時刻！一般新詩人都還在晨霧中摸索，無暇「金針度人」；而一般老詩人又已然失去了時代感，不足以爲人「詩」表了，此時此刻，需要一位道通古今、學貫中西、「舊學邃密、新知深沉」的人物來「批大郤、導大窾」、指點迷津、接引後進。此其中，王國維先生自然是典範性的大師，他的〈紅樓夢論〉開了小說研究的美學進路，他的《人間詞話》更是「舊瓶新酒」、承先啓後之詩學典範，然而靜安先生畢竟是遺老型人物，從文字到精神，從品味到表達，他的「趣味」，他的心態，基本上仍是「前現代」的。以這一種遺老式的前現代的詩論，雖然不減損其論著之內在價值與典範意義，但是對於接引後進、啓廸新知而言，不能不有其先天的局限，能夠跳過這個局限，爲文學理論、文學批評別開生面的，仍不能不推朱光潛先生爲首選。

儘管早年深受傳統教育的制約，朱先生卻是全心向五四新文化運動開放的「新生代」。比起梁任公、王國維那一代，他是徹底的脫胎換骨，是全然「新囊新酒」，而非「舊瓶新酒」一式的過渡人物了。加上他遊學各國，耳目洞開，知人論世，遂不爲成見所拘，而能如空中樓閣、四通八達。而早年舊學的根柢既深，古典的胎息又厚，則又使他治學立論能夠見識通達而不失於平正，多所創闢又不流於偏頗，這在「新人物」中是很難得的。他的《詩論》正表現出這一種博學守約、一以貫之的中道精神。對於那一個「偏至」的時代，那一些各走極端的「主義」，那一個意識形態禁錮人心的困局，他的《詩論》有超乎文學批評本身以上的文化意義。

與《人間詞話》不同，《詩論》是完全突破了傳統詩話的舊格套，是用新語言、新方法和新的意態來論詩了，這是它作爲典範的根據所在。可貴的是，作者本身具有美學方面專業的學養，但下筆時卻能深入淺出，筆端一清如洗，完全不沾學究氣，這和王國維遺老式的「孤芳自賞」就大異其趣了！他也沒有梁任公的宣傳氣味和蔡元培的說教氣味，質言之，他深有早期開山人物的「士大夫氣」，朱光潛下筆是如平常人說話然的，是對話式，而非語錄體的，此其中有一種「溝通的理性」，顯示出他對西方文化精神之掌握，遠超過了當時、乃至現今的許多西化的知識份子。他這種「溝通理性」，使他能夠不掉書袋、不炫學，實事求是、保持開放。由此，專門理論化成了普通常識，學院訓練化成了生活智慧，文學走出了象牙塔，重新與生活接壤，從人性紮根，成爲欣欣向榮的長青樹，這一棵樹的繁花茂蔭和纍纍果實又回過頭來庇護了、滋潤了、營養了在現實生活中焦渴昏迷的芸芸衆生。朱光潛的文學觀大抵近於這一有機的、互動的、整全的觀點，而他的文學理論也是著重在將人生與文學作有機之接合的這一工作上。

向存有開放、與生活接壤、和眾人溝通，下學而上達，執兩而用中，博學而守約、守常而達變，以「圓而神」的詩心作「方以智」的表達，是朱光潛論學的精神，《詩論》也不例外。因此，談到文藝的趣味時，再三指出「風尚」是靠不住的，「門戶」是不足恃的，偏見是要不得的，只有「涉獵愈廣博」，才能「趣味愈純正」，藉著後天的修養，可以克服先入的偏見，他說：「文藝批評不可漠視主觀的私人趣味，但始終拘執一家之言的趣味不足爲憑。文藝自有是非標準，但這標準不是古典，不是『耐久』和『普及』，而是從極偏走到極不偏，能憑高俯視一切門戶派別者的趣味，換言之，文藝標準是修養出來的純正趣味。」這樣一種「趣味觀」，從偏與不偏立論，從廣博的修養下手，對於當時的中國，對於任何一個時代，任何一個社會、任何一個不能免於偏見的人，都是最平實、最有建設性的啓發。

至於如何才能建立起對文藝的興趣呢？先光潛認爲應該從詩歌入手，他認爲要養成純正的文學趣味，最好從讀詩入手，因爲「能欣賞詩，自然能欣賞小說戲劇及其他種類文學」，一方面詩是文學中最精微的，再方面一切好文學的骨子裡都是詩，因此，詩是一切文學的核心和通道，「讀小說只見到故事而沒有見到它的詩，就像看到花架而忘記架上的花」，在朱光潛，詩是文學的靈魂，不只是一個單獨的文類。

至於詩的趣味是什麼？朱氏說：「趣味是對生命的徹悟和留戀，生命時時刻刻都在進展和創化，趣味也就要時時刻刻在進展和創化。水停蓄不流便腐化，趣味也是如此。」把詩趣留住在生命的徹悟、留戀、進展、創化上，這是有機地結合古今、東西兩大美學傳統之後的見道之言，朱光潛美學之長於綜合融貫，於此可見一斑。詩的趣味既是如此，那麼「詩」的本身又是什麼呢？他說：「所謂詩，並無深文奧義，它只是在人生世相中見出某一點特別新鮮有趣而把它描繪出來，這句話中，『見』字最吃緊，特別新鮮有趣的東西本來在那裡，我們不容易『見』著，因爲我們的習慣蒙蔽住我們的眼睛。」而「詩人的本領就在見出常人之所不能見，讀詩的用處也就在隨著詩人所指點的方向，見出我們所不能見！」以「見」解詩，以「打破成見」爲詩的功能，以生之徹悟爲詩之趣味，這是啓蒙的，也和王國維的「境界說」是相通的，和希臘的「靈見」、希伯萊的「異象」、禪家的「見性」都有相通處。但他更指出「生命生生不息，他們的發現也生生不息」，藉此可以「維持生命」、「推展生命」，這又回到大易的生命哲學上來了。朱光潛在這一點上和王國維走上了不同的兩條路，相形之下，王國維所株守的是「一潭秋月」，而朱光潛的是「一江春水」浩浩東流了！這兩種美學難分軒輊，但無疑的，朱氏所代表的這一種美學比較具有變動性、開放性、前瞻性、發展性，比較有生命！朱氏之克享大年，老而彌堅，六十歲學俄文，八十歲譯維科，八十三時還宣稱要「放下包袱，輕裝上路」，這種不斷出發、再出發的老驥氣概、海鷗精神，本身已經是一種生生不息的「生命美學」！這種美學足以令人聞風興起，不勝嚮往！

這是一種中道的美學、仁道的美學，是一個虛無而偏至的時代所最需要的美學，這是「詩的文化」的精髓，是禮樂精神的現代化。而他作品中一以貫之的人文精神和不斷突破的啓蒙精神，對於當代中國人，乃至對每一個時代每一個人，都含有登高望遠、砥柱中流的啓示性意義。

楊喚的呼喚

一般說來，工商社會是一個比較不利於文學發展的社會，因爲文學（又特別是詩）在本質上多少是一種天眞的、素樸的、浪漫的東西，它處在一切「向錢看」的，一切都可以「用數字來管理」的功利主義的工商社會是難免有「水土不服」之感的。因此這幾年來，隨著人文的沒落，文學也在不斷地撤退。好的作品不容易看到了，偉大深刻的作品更不用說了。文壇上流行的是小技巧、小趣味、小把戲，基本上是一種小雅痞的小玩意，其中文學的味道也越來越薄了。難怪在歐美近來傳出了「文學死亡論」，這並不全是危言聳聽。人的性情薄了、機心多了，文學就要死了！

臺灣四十年來文學的發展，在它逐漸趨向「死亡」之前，曾經有過一般時間的「回光返照」。從民國四〇年代到六〇年代，這二十年間的文壇確乎有一點「文藝復興」的氣象，有一點「十月小陽春」的意味。和大陸時期相比，此間小說的成績不如大陸，但是在詩歌的方面確實超過了大陸。和覃子豪、鄭愁予、瘂弦、方旗他們的詩相比，徐志摩、聞一多、冰心、馮至他們顯得是不成熟的文藝腔了！

我有幸趕上這個小小的「文藝復興」，而且正是在我的少年時代，對詩對文學對藝術都最敏感最熱情的時期，當時一看他們的詩，眞有全身觸電之感！他們給我的影響是終身不磨的，我深深感謝老天把我生在這個中國現代詩史上的「小小的晚唐」！此其間，對我最有「啓蒙」之功的詩人，就是楊喚！這位才活了二十五歲不到的苦命詩人，他實在是我們中國的彭斯、濟慈和安徒生！

在他過世三十多年後看他的詩，仍感覺撲面而來的清新之氣，就像讀彭斯、濟慈一樣的感覺。清新、眞摯、素樸、天眞爛漫，溫柔敦厚……這一方面無人能出其右！這位出生在「菊花島」上的抒情詩人，他的詩就像中國詩史上的一座「菊花島」，是時間的大海永遠不能吞噬的。發自一顆赤子之心，他的詩永遠像童話，比如「藍眼睛的海」、「陽光的啄木鳥」、「夢是白色的殼、我是馱著那白的殼的蝸牛」、「雨密密落著像森林，我匆匆走著像獵人」……這些意象都像兒童眼中的世界，正是現代畫家如米羅、克利、畢加索他們所竭力追求的，而楊喚表現得比他們更無匠氣、更自然！

而更難得的是，楊喚的詩富於童趣卻不止於童趣，他確實屬於「大人者不失其赤子之心」的那種童趣。他的童趣不是拒絕長大，反之，他最可敬的地方就是力求成長。他說「生命的平面上需要鋼鐵的立體的創造」，他說「那紛紛滾落的不是眼淚，而是一場考驗自己的大雷雨」，他要隨著雨的節拍，「追逐那召喚我的名字的——歷史嚴肅的聲音」，他要向呼喚他的暴風雨——「把腳步跨出窄門」，他永不疲倦地在搖醒火把，雕塑自己，他拒絕在十字架的綠蔭裡乘涼……

讀楊喚的詩有如看米勒、梵谷的畫，他有「晚鐘」、「拾穗」那樣的純樸、虔誠。有「向日葵」、「星夜」那樣的熱情、真摯，而其性情之厚，心地之純，是現代詩中所少見的。所謂「溫柔敦厚，詩教也」，他真做到了！他的詩不說教卻表現了人格美。不八股卻反映了大時代，不造作卻流露了真趣味——對於日趨「玩物喪志」的現代文壇，楊喚是激發我們文學良心最真摯的呼喚了！

一九九二・三・二十五・〈青年副刊〉

夢土無垠說愁予

多愁善感自古是文人的特性，而「美麗」與「哀愁」自古以來也似乎特別有緣。所謂「愁苦之詞易好而歡愉之作難工」，所謂「爲賦新詞強說愁」，大約在哀愁中特別有一種美感，特別有一種刻骨銘心的意味，因此也特別容易入詩。李後主說：「問君能有幾多愁，恰似一江春水向東流」，秦少游說：「無邊絲雨細如愁」，這是古詞人中最擅於寫愁的例子了！

古人愛說愁，今人也愛說愁，現代詩人和古詩人一樣也是多愁善感的。雖然，多愁善感似乎更宜於古詩詞而比較不近於現代詩，但運用之妙存乎一心，現代詩中也有寫愁寫得極微妙極動人的，我以爲其中以鄭愁予最稱傑出。詩如其名，愁予的詩正如他的筆名，大體上是以哀愁爲其底蘊的。將近四十年來，他的詩一直廣受歡迎，歷久不衰，又特別吸引每一代的年輕讀者——少男少女在成長過程中鮮有不被他吸引，受他「蠱惑」的。而有志寫詩的年輕朋友也鮮有不經過「愁予時期」這一階段的，這固然是由於他的詩意象繽紛，聲籟華美，行雲流水中有一份優雅迷人的古典風韻。而跌宕的浪子情懷、浪漫的風（詩）人氣質，這些都使他顯得落落不群、矯矯出眾，確實是當行本色，是最富於詩味的詩作了！古人形容王羲之的字是「翩若驚鴻、矯若游龍」，在現代詩裡，愁予的詩也堪稱是最風度翩翩的一位！

然而要找出愁予詩中最具關鍵性的一點，我以爲一個「愁」字仍是他詩作的特色。他以一介少年「浪迹」到寶島臺灣，家國之變，山河之改已是發其「哀江南」之愁腸；而覊旅異鄉，遭逢時變，又給他「時不我予」之惆悵。在這時空的巨變裡，一個善感的詩人怎能不因之而多愁？他敏銳的心裡由此而嚮往俠隱與逃禪，乃至於遁入秋風駿馬、春雨江南，神往於別有天地的佳山水中……這其中題材儘管不同，卻都同有一個「愁」字爲其樞軸、爲其基調。歸納起來，他的「愁」大致可以分爲：鄉愁、情愁、國愁、史愁、山水之愁和存在本身之愁……這樣廣泛地寫愁又都寫得如此迷人的，可謂古今少有。

愁予以燕人而寓居南國，鄉愁之濃自不待言。他寫〈望鄉人〉，借玉山頂上于右任陵的銅像寫自家的鄉愁是最有氣魄的詩了，他說：「或將推門於月圓之夕，看四個海圍潮著故國萬里。依舊是長髯飄飛，依舊是——啊，高山上昂立的望鄉人，以吟哦獨對天地！」在寫國愁方面，他的詩集《衣缽》是最有份量的見證，他說「兩萬人提燈爲一個老壯士照路，帶著最後生日的感慨，您將遠行！」這是寫國父，也是寫國愁！他說「哎，想著那旗一樣的袍子我便流淚，而列車行在自己的軌上，在遠離家鄉的一個地方，有人在小站下車了！」這是最婉約的國愁了。至於情愁，他的〈賦別〉、〈美麗的錯誤〉是最受傳誦的壓卷之作。他寫史愁則曰：「趁月色，我傳下悲戚的將軍令，自琴弦……」寫山水之愁，他說：「山是凝固的波浪，不再相信海的消息，我的歸心，不再湧動。」寫存在本身之愁，他寫〈浪子麻沁〉、〈最後的春闈〉、〈右邊的人〉；他說「這土地我哭著來，要笑著回去」都令人有無窮的感觸！

兩年前，我曾將手頭一本《夢土上》的原版請他題字，他慨然在扉頁寫下：「喜見大鵬攜來原本夢土上，出版距今已卅五年，夢土無垠也！」人生如夢，夢土無垠，在這有夢的人間，愁予的詩將永遠爲人喜愛，爲人傳誦……

一九九二・四・一・〈青年副刊〉

「深淵」裡的「現代」洗禮

——瘂弦詩說

現代文學在臺灣的發展，軍中出身的作家曾盡過很大的力，也有著了不起的貢獻和極深遠的影響。小說中如司馬中原、朱西寧都是顯著的例子。而在現代詩方面，軍中作家若捨去不談，則一部中國現代詩史幾乎無從寫起了。像楊喚、洛夫、羅門、周夢蝶、商禽、管管……都是軍中培養出來的詩人，他們的風格也各自影響了許多的後進。這種軍影響文的情形在世界各國都是罕見的，可以說是中國文學史上最奇異也最光榮的一頁！此其中，能夠以奇魅的風格管領一代風騷，又能以駱駝精神數十年如一日地爲文壇服務，像一粒死去的麥子一樣成全了無數後起之秀的詩人，那就是以寫《深淵》出名的瘂弦先生了。

若干年前，我曾參觀過一項在臺北植物園中央圖書館所舉辦的現代詩人手稿特展，在琳瑯滿目的各家手稿中，有幾本厚厚、舊舊的筆記本特別吸引我的注意，那，至少是三十年前的「故物」了！我仔細看去，原來上面密密麻麻地抄的都是美國詩人艾略特的詩句。看它標點句讀一絲不苟地抄在那已發黃的册頁上，可以想見抄寫者埋頭苦讀，用心鑽研的情景，這使我感動！我想起中世紀經院裡抄經的僧侶，在哥德式的鐘樓裡不見天日地抄著……原來臺灣早期的現代詩曾經歷過這麼一個「經院」時期，這麼一個「黑暗」時代，而那時刻苦自學的少年詩人，今已兩鬢飛霜矣！

和楊喚、愁予他們相比，瘂弦的詩是「現代化」得多了。楊喚是以童話風來「逃避」現代，愁予是以浪子情懷抒其感傷，他們的技法是現代的，但他們的精神多少是和現代有「隔」的。相形之下，瘂弦的詩裡確乎有一顆現代的心，他和聲光化電的現代脈動能起共鳴。誠如楊牧所說，瘂弦的詩吸收了「早年北方窮鄉的點滴，三〇年代中國文學的純樸，當代西洋小說的形象……」其成份是複雜的，不完全是「現代」一個抽屜所能裝得下的。並且隨著歲月推移，他個人的趣味似乎愈有回歸北方鄉土和「骨董主義」之傾向……然而在他可以傳世的代表作裡，「現代感」仍是他作爲典範意義之所在。

一般說來，詩人本是鄉土之子、自然之子，吟風弄月、「不食人間煙火」，其心境是比較「出世」的，比較「前現代」的。而瘂弦的詩很快跳過了這一階段，他的詩心和這個以「世俗化」爲特質的現代文明很快就接上了線，他之接受現代的洗禮，乃至「割禮」，似乎比絕大多數詩人容易得多。像楊喚、愁予他們彷彿始終捨不得這一「割」、受不了這一「洗」，這使得他們的詩基本上仍是「前現代」的產物。瘂弦的詩在吸收了英法現代作家的營養之後，他詩的體質決然是現代的。對於他，現代事物，如馬票、股市、房租、牙膏、廣告、發電廠、盤尼西林、加農砲、咳嗽藥、刮臉刀、起重機等等，不但能像風花雪月一樣自然入詩，且一經點染竟特別的有「靈性」，比風花雪月還要有詩味兒，這是「現代」詩人之所以有別於「前現代」詩人最關鍵性的一點，也是許多詩人作家所最不容易突破的那一點！

如今時代又從「現代」跨入「後現代」，能抓住後現代精神的詩尚不多見。在今天，一個博大的詩人不但要能繼承「前現代」的全部遺產，還要能經得起「現代化」和「後現代化」的兩重割禮，並且要從這兩重深淵裡爬出來，這就更加不易得了！

一九九二・四・八・〈青年副刊〉

「後現代」詩人——方旗

臺灣新詩的發展，到了七〇年代，現代化的各種風貌差不多已經表現得淋漓盡致了，現代化的新奇感和興奮感也已漸呈強弩之末的頹勢，不論形式與內涵，都鮮有重大的突破與發展。許多詩人遁迹海外，人琴俱往。許多詩人縮編減產，甚至「熄火停工」。更可悲的是少數詩人努力求新求變求突破，然而心有餘而力不足，突「破」有餘而超越不足，不但沒有進步反而退步了，給人以寶刀已老、美人遲暮的感慨。民國四十年到六十年之間，這一段詩壇的好景，到此確乎是有些「只是近黃昏」的意味了。然而在這黃昏時刻，居然出現了一片「無限好」的夕陽餘暉，這，就是一位不大爲外人所知的「神祕詩人」——方旗出現了！

方旗不是詩壇上的「名流」，他在國內詩刊上所發表的作品也寥寥可數，他本人學的是科學，與文壇幾無來往，這樣一位「花非花，霧非霧」，來無影去無踪的人物，頗令人憶及美國的狄金蓀。他的處女作《哀歌二三》是他赴美留學前託朋友代爲出版的，而書一問市，立即掀起「美麗的騷動」，不期這位「生手」一出手便如「高手」，我們那一代對他著迷的程度比對愁予還有過之而無不及！熱情如余光中先生特別寫了〈玻璃迷宮〉爲之揄揚鼓吹，頗爲他說了幾句公道話；然而奇怪的是，除此之外再沒有看到特別討論他的文字，他的第二本詩集《端午》推出之後，也同樣聽不見應有的迴響。而方旗本人定居美國，更是仙踪杳杳，歸期遙遙了。「曲終人不見，江上數峰青」，神祕詩人果然神祕！

方旗的詩有鮮明突出的個人風格，文字之美可以稱得上是一大「風格家」the Stylist，其詩品味之高、氣質之佳，大有矯矯出眾、落落不群的「貴族」之風。這種貴族風味，使人感覺到現代詩到他手裡是成熟了。他把前輩詩人中婉約的古典風和超現實的現代風融爲一爐，鑄百家之長成一家之言，使一向實驗性極強的現代詩達到了一種內在的穩定感和成熟感，在他最成功的詩裡，幾乎爲現代詩樹立了典範。

在「婉約派」方面，他吸收了鄭愁予、方思、黃用、夐虹等人的神髓；在現代風方面，他傳承了方莘、瘂弦、羅門，乃至於西方現代畫家克利、米羅、達利、夏戈爾、奇利哥、恩斯特等人的意匠——當然，現代法國詩人如梵樂希、阿皮利奈爾、古爾蒙、高克多等人對他也影響至深。因此他的詩內涵成份極複雜而豐富——中西的古典傳統、現代繪畫和現代詩的意境都已融爲一體，眞是具體而微的集大成了！而更可貴的是，他的詩就如同許多「世紀末」的唯美文學，不論古往今來，或新或舊的林林總總，到了他筆下都變成了一種小骨董、小珍玩，渾然天成、圓熟自足，有如「一砂一世界、一花一天堂」、「大千歸掌握、刹那見永恒」，一種純粹美的觀照、美的造型，珠圓玉潤、靜影沉璧堪稱「古典」classical 矣！

和五〇年代的前輩相比，方旗的詩稱得上是「後現代」主義的產物了——這是早來的「後現代」詩人，可謂中國詩壇的先知。他的詩落筆恆在有意無意之間，頗得道家「有無」之際，禪家「空色」之間的妙諦。所謂「味在酸鹹之外」，讀後令人有難以爲懷之感。比如他寫〈江南河〉：「銀窗下的江南河，在暗夜裡不知從何處來，亦不知往何處去，以是消逝在河上的人呀花呀，也不知到那裡去了。」他寫〈鏡〉：「晚天無可奈何地垂落，一面落地長鏡，雲外淡淡的一顆星，是我若隱若現的影像。」他寫〈海上〉：「海上黃昏，雲族的牛羊不能棲止，他們水質的足蹄不能棲止在，不堪棲止的青青海原——海上黃昏不堪棲止。」他寫〈詩品〉：「一個眞醉一個佯狂，悠然悟徹湼槃時，尚在你的三十三天，害我的四百四病。」他寫〈瓶花〉則詠其「疏影裡紅暈的小天地」，他寫〈古樂〉則曰：「無盡長的春夜與溪流」。他寫〈舞蹈少女〉則曰：「瞥見流水中的倒影美麗如是，微覺陷入他人的夢中竊竊自驚。」眞是以物觀物，物物自如矣！

「後現代主義」號稱是「存有的牧者」，水流花開、任其自化，絕不以人害天，這是它和主體性太強的現代主義最不同的地方！

一九九二・四・二十四・〈青年副刊〉

白先勇筆下的三種人

五〇年代到六〇年代的臺灣，在文學上頗有一番回春氣象，不但新詩如此，小說界也呈現一片蓬勃，一時奇花異卉，各展其姿，各極其致。其中，以陳映眞最能掌握臺灣社會文化發展之內在脈動，以白先勇最能反映由大陸遷臺的一班「遺老」的心態。一九四九年比如一個歷史大沙灘，許多弄潮一時，高踞在歷史浪頭上的人物一下子給沖上了沙灘，被時代擱淺了下來。由於來不及隨浪頭回潮，他們遂無可奈何地成了歷史的標本，以往事爲殼來逃避現實，並相濡以沫，以苟延殘喘其不搭調的存在。

白先勇筆下的《臺北人》，正是一群活標本的寫照。由於出身將相之家，白先勇對民國史有一份特別深刻而複雜的感情——從倒滿革命到北伐抗戰，這些英雄人物的故事對他而言是有血有肉、有聲有色的。然而從剿共失利到播遷來臺，他也親眼見證了這些叱吒一時的風雲人物之沒落、頹廢與凋零。歷史的大起大落大轉折是令人驚心動魄的，而禁不起這樣大起落，又不能適應這種大轉折的這些「轉不過來的人」，遂成爲現實世界裡最可悲的一個族類。

因此，白先勇的「臺北人」其實不是眞正的臺北人，而只是一群高踞社會中心的邊緣人，擱淺在時代的邊緣和現實的邊緣；他們乃是寄居在臺北的邊緣人，而夢遊在昔日繁華裡的遺老式人物。這些「遺老」裡面，最令人印象深刻的就是一些老將軍，比如〈梁父吟〉裡的「樸公」、〈國葬〉裡的「李浩然」，他們都是開國有功、戰績彪炳的一代豪傑。然而廉頗老矣，加上時不我予，他們只有日復一日地活在舊日的回憶中，並且和現實隔絕，成爲一種「自閉」狀態。他們的生活格調是線裝書、文房四寶、《金剛經》，是茶鐺藥爐、古銅香鼎、先賢遺墨、黑漆花架、幽蘭冷香……和外界正大步邁向現代化、世界化的現實相比，彷彿一個孤島。而他們一味沉浸在過去的光榮，拒絕西方、拒絕現代、拒絕變化的意態，又使他們成爲一個被越甩越遠的孤島。失去戰場的英雄，既不能面對現實拓展未來，又不能在自己內心開闢一個足以安身立命的境界，於是跋前疐後、進退失據，眞正成爲了「無家可歸」、「無黎明的過客」了。

白先勇除了軍人也描寫文人，在〈冬夜〉裡，他描寫一對曾經參加五四運動的老友，暮年重逢，閑話平生的故事。飲譽國際學界的吳柱國在洋人屋簷下並不能安身立命，他對於所教的漢唐光榮，也大有「白頭宮女話天寶遺事」之感。爲了混升等而寫論文，高文典册又乏人問津，其內心之淒涼寂寞，也並非老友所能知。而老友余教授雖久居國內，也並未「守住崗位」，他所教的「拜倫詩」已無市場，多年來一直想出國。爲了爭獎金可以不顧老朋友——當年一同爲「五四」獻身的老朋友，而這位老朋友也被中共鬥爭而死。寒夜相逢，備加傷懷，臨別時仍不忘要老友幫忙申請出國，而老友卻期待回國定居……在作者淒清反諷的筆下，五四運動也成了殘花敗柳，令人徒增感傷的一段歷史的意外了。

由〈梁父吟〉、〈國葬〉、〈冬夜〉諸篇可以看出，白氏筆下不論文人武人，都是「失落的人」，也都是「失去戰場的英雄」。其暮年頹唐不能全怪時代，實在還是要怪自己。一來他們早歲的成功多來自血氣之勇——風雲際會，遂騰達一時。然而由於未曾立定大本，血氣一衰，風雲一去，遂成了淺水困「龍」，而事實上是沙灘上的貝殼了。這或許也片面地解釋了，何以從革命建國、新文化運動至今八十年來民主科學始終不能生根，而建國也還未成功的原因。血氣之勇、虛矯之氣只能「反」掉一些東西，而並不能「立」起一些東西，一些無本的生命只能拼湊起一個無本的社會、國家……

白先勇筆下的「英雄」固然老境頹唐，依附英雄而生的「美人」更是墮落得厲害——尹雪艷永遠不老卻是愈活愈邪惡。錢將軍夫人只落得個「遊園驚夢」，不勝唏噓。「一把青」

只成了無情人。「金大班」也只能抓住青春虛幻的尾巴……表面上看白先勇筆下有三種人：英雄、才子、佳人，事實上只有一種人——殭屍。

一九九二・五・一〈青年副刊〉

成長與命運
——王文興的早期作品

在假借「後現代主義」之名，行譁眾取寵之實，大量批發粗製濫造文學作品的今天，要看到一篇字斟句酌、慢工細活的精緻作品眞是愈來愈不容易了。近些年來，文壇上似乎喪失了當年的敬業精神。玩一點文字魔術，耍一點語言戲法，擺一些文法迷魂陣，儼然也就以文學自居了，這眞是文學的「世紀末」現象！回想臺灣現代文學開疆闢土的那段「創業期」，當時不論詩人、小說家都兢兢業業，一絲不苟的創作態度，那種「手工藝」精神，眞是令人懷念！

就在那段現代文學剛起步的「手工藝」時代裡，最足以表現其「手工藝」精神的，在小說家裡，無疑的，王文興先生是一個典範！他的小說寫作之慢、之嘔心瀝血，大概只有晚唐詩人李賀可比！那位慣常騎驢覓句的「龐眉書客」爲了雕鏤字句，據說簡直要把心肝嘔出而後已！王文興先生自稱，自從他二十二歲那年讀了海明威以後，遂每日陷入「文字浴血戰」中，日日赴湯蹈火，艱苦備嘗！任何人讀過他的《家變》、《背海的人》，都能體會這份艱苦，當然，也不可避免地同他一起受苦！事實上，好的文學語言不宜太平滑圓轉，總要有一定的阻力才好。讀好的作品固然應是一種享受，但這種「享受」應該是「忍受」之後，苦盡甘來的那種「享受」！「誰知文中餐，字字皆辛苦！」千錘百鍊出來的火花是最好看的！

王文興最引人矚目的作品自然是《家變》和《背海的人》，在語言的實驗方面有大膽的突破，是小說文字中的一種「異數」。但要了解他的作品，最好還是從他早期的小說入手。它包含了〈玩具手槍〉和〈龍天樓〉在內的《十五篇小說》，其清新自然，反勝過後來的中長篇作品，而收在《十五篇》裡的好幾個故事，也都關乎青少年的成長，類似西方所謂的「教育小說」，如歌德的《少年維特之煩惱》、《威廉麥斯特》，屠格涅夫的《初戀》，喬艾斯的《都柏林人》，馬克吐溫的《湯姆・莎耶》……等等。青少年的幻想、幻滅與覺悟，他們的掙扎、叛逆與突破，這些往往對人的一生具有塑型作用，但在中國小說中卻未受到應有的重視。

「成長」與「命運」，這是《十五篇小說》的兩大主題。在現代中國小說中，寫青少年成長之深與美的，大概無過於王文興的〈欠缺〉。它寫一個才十一歲的大孩子，默默愛上一個三十五、六歲的少婦，愛她的美，更愛她美貌中所蘊含的「慈善」。這種純眞的愛頗近於但丁之戀慕碧德麗斯，而其苦惱亦然。他說「愛在一個早熟的孩子身上，彷彿一朶過重的花開在一枝太纖細的梗莖上，不勝其負荷」。然而更可怕的不是暗戀往往沒結果，而是最後他發現這位「美善」的婦人居然惡性倒帳，捲款潛逃，是個無情無義的大騙子！這孩子的悲哀不止是「失戀」，而是「悲戚於發現生命中有一種什麼存在欺騙了我」「自那一天以後，彷彿我多懂了一些什麼，我新曉得了生活中摻雜有『欠缺』這回事，同時曉得以後還需面對更多『欠缺』的來臨。自那一天起，我忘卻了那一個女人的美麗……」這是和但丁《神曲》完全相反的結局，但也可能更爲深刻，是現代人的感受。這種對人性的限制，缺憾乃至冥冥中對「原罪」的了悟，實在是人生乃至文明跨向成熟的一大步。

〈海濱聖母節〉寫的是命運。一個山地青年薩科洛爲答謝媽祖在風浪中保佑他而決定舞獅爲聖母祝壽。不料卻因過於賣力以致心臟麻痺而死，像一隻被射死的獅子。文中寫他如何勇猛地衝倒七爺、八爺，一時間彷彿擊敗了死亡，然而眞正的死亡不久還是追上了他，媽祖也救不了他……這種對命運的反抗很有點海明威的味道，像《雪山盟》……又像希臘悲劇，少年英雄想衝破極限而終不能……

〈命運的迹線〉則是合寫命運和少年。十三歲的高小明爲了打破短命的預言而用刀片割深了手掌上的生命線，因此大量失血而被誤認是要自殺，故事雖寫少年的幼稚，但克服命運，作自己的主人不正是人類古老的夢想，和近代文明的精神？綜觀《十五篇》——由「欠缺」而悟及「原罪」，由「命運」而渴慕「救贖」，這是作者成長的軌迹，也是西方文化發展的歷程……

一九九二・五・十五・〈青年副刊〉

七等生的「僵局」

近代文明與古代文明最顯著不同的一點，即是個人自我主體意識的覺醒。當笛卡兒喊出「我思故我在」的口號時，無疑是把自我的主體性用最簡明扼要的方式表現出來了。這句哲學界的名言很快成爲一句大衆流行語，而一般人很少去推敲它的涵義。事實上這句話前面還有一句話：「我疑故我思」——笛卡兒認爲，一切皆需懷疑，一切皆不確定，唯一可確定者我在思考。這一種由普遍懷疑所建立起來的自我主體性，如實地描述了近代文明的精神性格。

自我主體性的凸顯在近代文學中也有迥然不同於傳統文學的表現，比如《浮士德》中的自我幾乎是無限膨脹的，由於無限膨脹而一路帶來毀滅。浮士德是一個懷疑者，哈姆雷特也是懷疑者，他們都想在一切都不確定的處境中確立自我，結果前者毀了別人，後者毀了自己，其悲劇意味是很強烈的。尼采的「超人」說更是把個人的主體性發揮到極致，這種只能活在「孤峰絕頂」上的超人一旦下凡人間，帶來的往往是自我和他人的悲劇——杜思妥也夫斯基筆下正是這一類「超人」的寫真。二十世紀以降，個人強烈的主體性格和工業化所帶來的集體制社會生活更是格格不入，於是乎疏離、異化、孤絕、荒謬、失落……遂成爲現代文學的主題和特色。強烈的個人要和強大的集團對抗，必然造成扭曲、變態。當沙特說「他人卽地獄」時，實在是不自覺地回應了笛卡兒「我思故我在」的名言——儘管回應得極端而扭曲！

六〇年代存在主義傳入國內，立刻掀起一陣旋風——沙特、卡繆、卡夫卡、尤涅斯科、貝克特、齊克果之所以風靡國內，正可以反映在政治低氣壓和大轉型下，人與人、人與社會、與時代之間的緊張、不諧調的關係。此其中，以七等生最能捕捉到時代的氣氛，表現出個人堅持其不願被客體化的主體性格所造成的「僵局」，他的第一本成名作的書名正是《僵局》。這僵局不僅是七等生個人的處境，同時也是現代人共同的處境，此所以他的作品儘管「晦澀」、「怪異」乃至「荒誕」異常，卻一出現就吸引了文壇的注意，包括本土的前輩作家鍾肇政、葉石濤，海外的學者劉紹銘、夏志清。海內外老中青三代的讀者、作家被他吸引，這證明他是有時代性、典範性的。

七等生筆下的人物幾乎都表現出現代人絕不妥協的主體性格，也反映出「我疑故我思」、

「我思故我在」的懷疑性、思考性，他也強烈呼應了齊克果「個人高於集體」的信念。在〈爭執〉之中，他借人與「神明」的對話，表現出他不願把自己交給神明，儘管這樣做可以「省得煩心」。他也再三拒絕承認自己是「他們之中的一個」，以保持自我的獨特性。這一點使他成爲教堂的「闖入者」，而不能成爲虔誠的教徒（虔誠之日），這種對個人主體性的強烈堅持，特別表現在他的名作〈我愛黑眼珠〉裡。故事藉一場城市大洪水，寫出人與人之間存在的大鴻溝，卽使在夫妻之間亦然。主角李龍第爲了保持其道德的主體性而不惜以冷酷待妻子，以熱情待妓女，在這種「主體性」中，他感到「負起做人條件」之「存在的榮耀」！這種很怪異的榮耀感，實出於主體性的變態膨脹——靠妻子生活的他非如此不能肯定自我的尊嚴。

對自我的堅持在〈跳遠選手退休了〉當中有最徹底的表現。故事中的主角在一陌生城市發現一個迷人的後窗，夜色中的窗景神祕希奇。爲此他勤練跳遠，卻因不願爲該城出賽而遭到驅逐。結果他在放逐的路上找到了這個神祕的後窗，爲了這個後窗他答應出賽，藉以贏得個人的自由。自由後的他感到孤絕空虛，而那扇後窗中「等待」他的，乃是一個驢頭和盲女，他就這樣牽著盲女的手度過無可奈何的黃昏，直到有一天他忽然從鎮上失踪。這一個無言的後窗、無可溝通的城市、無可言喻的驢頭、盲女……正是自閉型的主體人格在此世所能找到的心靈之歸宿。

自我主體性之確立是近代文明的一大成就，但過猶不及，人一旦成爲「無窗的單子」其結果仍是自我的失落，人的主體性應該向他人、向社會乃至超越界開放，在與全存有的互爲主體性中才有幸福可言。

一九九二・五・八・〈青年副刊〉

憨而可欽的素心人

——論黃春明的鄉土小說

大約二十年前，臺灣文壇掀起過一場大規模的「鄉土文學論戰」，當時兩派人馬殺聲震天，各不相下，然而時過境遷，隨著全球意識形態的大解構，以及後現代社會的猝然降臨，當年的意識形態之爭，在今天多元開放的社會裡，已經失去了爭論的意義。除了作爲一段文學史料和參考背景，它在文學理論和批評上正面的建樹並不大。

回顧這場論戰，眞正留下來的具體貢獻，應該還在文學創作方面。經由這些激烈的爭辯，倒是刺激出不少優秀的鄉土文學作品，詩、小說都有其收穫，儘管有些流於政治化、意識形態化而減損了文學的價值，但確實也有不少作家在鄉土意識的覺醒、鄉土情感的刺激下，寫出了具有價值、具有分量的傑作，這些作品在大體上是可以繼承臺灣早先的文學傳統，如楊逵、鍾理和、葉石濤他們這個傳統的。文學應該有根、有泥土性、有大地感、有一定的淳樸性……這些美德，在去除其泛政治的、圖騰性的、意識形態的偏執後，其實自有其應該肯定與認同的價值。

老一輩作家筆下的泥土味和厚實感、草根性和大地感是很令人佩服和羨慕的，而也幾乎是學不來的，這是臺灣早期作家光輝不磨、與日俱新的理由所在。這一種品質只有在古代的《詩經》、陶詩這類作品中才得一見，是個可貴的品質。可惜現代社會已去農村太遠，眞正有農村經驗的作家已近絕迹，當代文學幾乎清一色的都是都會文學——連大自然都快要被驅逐出境了，農村的、鄉土的文字又往何處去落地生根？過分遠離農村和自然，很可能是今日文學「瀕死」的要因之一，值得注意。

如果「鄉土文學」也可以算作一個正式類型的話，在過去二十年間，黃春明先生應是重要的代表人物之一。他筆下的人物都實實在在紮根在泥土裡，或安安分分立足在農村中，沒有一個不是大地的兒女、自然的子孫。他的人物看去係是從泥巴裡長出來的——如同番薯、芭樂、泥鰍……而絕不是抽象的影子或靈感的產物。總之，他的人物是眞有血肉、有生命的，而絕不是木偶、傀儡。他們的「素質」可能很低、「氣質」可能很差，甚至可能是社會的「人渣」，但是在這些「人渣」身上我們時時看到一種光輝，是至情至性的流露，是所謂「神的形象」的一種明證。

〈看海的日子〉裡的白梅，眞是又白又梅，其身雖妓，其心則玉，出污泥而不染，品格之高有過於寒梅！不但她的犧牲成全了家人，保護了同「寮」，她對愛與生命的尊重與虔誠，使她被視爲家鄉好運的來源。她洗盡風塵，執意生子那一段的著力描寫，讀來有一種儀式性的莊嚴。整個攜子乘車看海的過程更如一串連禱，誇張些說，竟有些像彌撒裡的拜苦路和玫瑰經，天地悠悠、滄海漫漫，使人有面對「創世記」的感覺。又彷彿是新天新地的預演，從白梅抱子觀海圖裡，我們看見現代版的「聖母聖嬰」圖。

〈青番公的故事〉也是一首田園史詩，寫活了在濁水溪下游討生活的一群素樸人：他們乃是被洪水打敗卻不屈服，而終於熬出了「出頭天」的一群小人物，而事實上，是生活中的大英雄。祖孫三代的親情，對土地稼穡的忠誠、對天地神明的敬畏、對生命本身的虔誠、安土敦仁、樂天知命、篤實剛健，在濁水溪的滾滾洪流中，譜出生之讚歌……

〈鑼〉大約是作者最著力的一篇力作。主角「憨欽仔」造型有似阿Q，但比阿Q淳樸善良，更像大地之子、自然之孫。這個靠打鑼維生而過了時的「羅漢腳」，多少有些像「天將以夫子爲木鐸」的影子，而時過境遷，鑼已過時，他遂成了喪家之犬，整天窩在茄冬樹下打對面棺材店死人的主意。這樣一個「人渣」，卻立志不做壞人，義利之辨，直追孟子。而「好色不淫」、「坐懷不亂」，竟有柳下惠之操，這是一個比阿Q高貴了許多的人！雖然不合時宜、失去市場的他，最終不免成爲一場笑料，但畢竟是一個「憨」而可「欽」的笑料，憨而可欽，是黃春明爲現代中國文壇塑造的不朽的典型。

一九九二・五・二十五・〈青年副刊〉

收復「詩」土的一代盛事

——《八十一年詩選》讀後

中國，向來是一個詩的民族，當西方國家還在茹毛飲血、巖居穴處的時候，中國，已然是一個「詩禮傳家」的「詩人之國」了！「不學《詩》，無以言」，這是孔夫子對兒子的「庭訓」，足以說明，最遲到春秋時代，詩之普及與深入，不僅是一種作爲文學之存在，更是作爲一種文化教養，一種生活方式之存在了。在孔子及時賢的心目中，詩，儼然是語言之本質——詩的這種盛況，在世界各國歷史上都是僅見的！在希臘，在印度，這些文明古國，詩誠然也有其可觀的表現，但都不能像在中國社會、文化和生活中起這麼巨大的作用。孔子所謂「《詩》，可以興、可以觀、可以群、可以怨。邇之事父，遠之事君，多識於草木鳥獸之名」，從人生到自然，詩的作用可以說是無所不在了！這並不是聖人誇大其詞，考諸古史，確屬實情。錢穆先生就說過「當時（春秋時代）往往有賦一首詩，寫一封信，而解決了政治上之絕大糾紛問題者。」（《國史大綱》二編四章），像這樣只憑一首小詩，就能解決國際糾紛的事，恐怕自古以來只有中國人做到了！

沿襲著這一悠久偉大的傳統，從先秦一直到晚清，詩一直是文人的基本修養，也是老百姓「附庸風雅」之主要對象，在庶民與文人的相互激盪的良性循環下，更使詩運生生不息、新新不已，而形成一個源遠流長、波瀾壯闊的文學主流。儘管元明以下，戲曲小說異軍突起，由附庸而蔚爲大國，搶去不少風光，然而不論在士人或庶民心目中，詩仍然佔有文學中心的地位。事實上，細究起來，戲曲也還是詩歌之變體，小說也無不崇尚詩的意境——和西方相比，傳統中國的戲曲小說都要比較「詩化」得多了！論者指出，中國古典戲劇小說無不籠罩在「抒情詩」（the lyrical）的傳統下，洵爲知言！抒情言志乃中國文學的本質——詩歌乃中國一切作品之本質，正如史詩戲劇爲西方文學之本質，詩，堪稱傳統中國文學之太陽！

可惜的是，中國文學這一詩的本質，或者說詩在傳統中國文學中心的地位、太陽的角色，在民國之後卻逐漸式微了！科舉廢止以後，詩不再是士子進身之必須，甚至文學也不再是文人必備之修養，詩運遂爾一蹶不振了！隨著文學的「日落」，詩也邊緣化了，並且在小說、戲劇步步逼人的攻勢下，退居到文學世界的邊緣，而詩人也就無可奈何地成了「文學邊緣人」，正如同文學家成了社會邊緣人一般；謂余不信，且看這一輩乃至上一輩的學者文人（包括文史哲在內）多已不能詩或不爲詩（包括錢穆先生及新儒諸子），單是這一「殘酷」的事實，已足觀詩運之沒落！相沿數千年之詩禮聘問、詩禮傳家之盛況，直是一去不返了！

不過，所謂詩運沒落、詩邊緣化，嚴格說也是一個相對性的說法。「有井水處即有柳詞」那樣的時代固然難返，「童子解吟長恨曲、胡兒能唱琵琶篇」那樣的盛況固然難再，然而，詩，作爲人的天性，特別是中國人的氣質，它在人類世界和中國社會上，永遠有它崢嶸的一席之地，永遠有它如浴火鳳凰般焚而不毀的偉大生命！今天大家說「文學死亡」、「詩死亡」，其實都是似是而非的詭論。正確的說法，應該是：「詩，邊緣化了！」然而，即使在這個「邊緣」上，從「五四」到今天，中國的新詩和現代詩，都有其異樣的精采和不朽的成就！而最可貴的，這個新詩的傳統不但一直在不停地推動，且不斷地在進步中！徐志摩、李金髮不一定能超過李太白、杜工部，但李杜也做不出後來者的新意境！而來臺以後，鄭愁予、瘂弦、方旗……也有令杜牧、李賀，甚至李商隱退避三舍的地方！「江山代有才人出，各領風騷數百年」，民國開國未滿百年，但民國以來的新詩已足以在中國文學史上佔有穩固的一席之地，而這一席之地的光輝燦爛絕不亞於晚唐、南宋！而這一席之地的石破天驚、別開生面，更可說是開前古所未有之奇觀，是承先啓後，絕處逢生之關鍵性的一章；權衡古今，我們固不可妄自尊大，但更不可妄自菲薄！

回顧臺灣這四十多年的詩運，基本上是由幾個同仁詩社擔綱的——現代詩、藍星、創世紀、笠……其篳路藍縷、慘澹經營之意態大致相同，而在文學路線上，或民族派、或國際派、或本土派則各擅勝場！四十多年來是他們維持詩運於不墜，啓發後進以新機。而每年一度的「年度詩選」，更是出版界與詩壇同仁心血熱忱的結晶！詩，雖邊緣化了，卻邊緣得很有尊嚴！在「扶持大雅」這一方面，十年來的「年度詩選」居功至偉！然而去年，「年度詩選」也由於種種困難而無以爲繼了！這時，幸有詩壇幾位元老聯袂發起「救亡圖存」「收復詩土」的行動，才在文建會補助下，通力合作完成這一本差點流產了的《八十一年詩選》！其詳細經過都載在瘂弦先生的序和梅新先生的跋中，在此就不贅述了！總之，這本詩選是在官方和詩壇合作下，一本「救亡圖存」收復「詩」土的產物，它之充滿使命感、危機感和悲劇感，是它第一個值得注意的特色。

其次，這本詩選的編審委員，向明、余光中、林亨泰、洛夫、商禽、梅新、張默、瘂弦……在陣容上則囊括了過去幾個最重要的詩社——現代詩、藍星、創世紀、笠的代表人物，可謂現代詩壇的大集合，如今「不分黨派」，共赴「詩」難，其意義更是不凡！從這一組合中，也可看出臺灣詩壇「多元共融」的走向——紮根本土、懷抱民族、放眼天下而又同游於當下生活之中，這，無疑更顯示了由前現代而現代到後現代之時代精神在詩運傳承中一種良性的變化和健康的發展！

在二十世紀還剩下不到七年，而民國又正跨入八〇年代，這本詩選的「難產」，或許無意中正反映出詩運又面臨了另一個大轉折：過去一個世紀的爭辯到此有了對話，以往的種種實驗到此也有了定型，許多的異議有了交集，許多的風格互相傳染，這種「後現代」的「貫時性」與「共時性」、「解構性」和「不連續性」、「不搭嘎性」……也都已浮現於這本詩選之中。大體言之，它確乎有一種「游離性」——游離在世紀末與新世紀之間，而展示出與現代詩似同實異的一種新趣味、新美學、新屬性……而，如同「現代」之於「前現代」，「後現代」相對於「現代」，也正試圖用它自己的語言努力說出自己……而《八十一年詩選》之幾乎難產，正是後現代詩風格不吐、艾艾不達的一種表徵吧！

可喜的是，通觀全書，老一輩的開山師父還在繼續其馬拉松式的長跑——余光中、紀弦、羅門、洛夫、周夢蝶、鄭愁予、梅新、向明、葉維廉、辛鬱……中靑代的健者也依然衝勁十足——向陽、白靈、渡也、蘇紹連、簡政珍、陳黎、陳義芝……更年輕的好手更是當仁不讓，力圖超越：楊平、侯吉諒、陳克華、瓦歷斯・尤幹……從去年全國各報刊五千多首詩裡精挑細選出來的四十六篇、五十六首作品中，已盡量顧到代表性和涵蓋性了。貫時性、共時性、多元性、共融性——這些「後現代」的特色，在這本得來不易的詩選中，已獲得了充分的表達！

詩作以外，本書值得一提的還有它的「序」和「跋」。序是瘂弦先生所寫的：〈年輪的形成〉——洋洋六千言，不論質與量，都是詩人近年來難得一見的大手筆！六千言裡，把四十年來現代詩發展的內在轉折和外在變化，以過來人的經歷述說得淋漓盡致，直可作一篇「中國現代詩小史」看！而一種「多元共和」，兼容並包的文學觀，更展示了一位服役數十年，幾乎「無役不與」之文壇老編「公忠體國」、「老成謀國」（詩國）的深思遠慮，在中國現代詩發展史上，是一篇重要的文獻。梅新先生的「跋」——〈年度詩選再出發〉，則以其一向明快之文字、爽利之談吐交代了這本詩選整個孕育與編選之過程，落筆之間，極見性情！比如他說：「他們（編委）一生爲詩，一心掛念的是詩運的興衰……」雖只是短短一句話，但回想臺灣這四十年來的詩運，確是由前輩們自掏腰包，咬緊牙關撐持過來的，這份使命感、虔誠心不能不令人感動、起敬；我們這一代若不好好珍惜這一份心血相傳的產業，實在對不起這一群在現代詩的「橫貫公路」上鑿山破土的詩壇老兵！

另外，每首詩作後面都附有一篇「編者按語」，雖著墨不多，都能勾玄提要、畫龍點睛，是很好的「導讀」和「賞析」，對於讀者初學最有幫助！書末還有編委和作者簡介，合起來是非常完整的文學史料。當然，本書也不是無可補充和批評的——比如大陸、香港、海外華人的作品還可以多選一些。而某些比較實驗性的新嘗試，如「歌詞」「俳句」也不妨納入，以顯示詩壇之新風貌。而具有重大時事性的詩，只要在水準以上，也不妨選入，以求反映這個大時代。一本年度詩選，只看見個人生活，卻看不到時代風雲和歷史脈動，未免取徑過窄，有「見樹不見林」之憾了，在文學史上，賈島、孟郊之比不上李白、杜甫、白居易，不只是美學趣味上太狹隘偏執，也是缺少時代、歷史、社會和文化的眼界和氣度所致！抒情、言志、詠史、載道……一本詩選總要盡量兼顧大我與小我的各方面才好。

《八十一年詩選》雖然「難產」，畢竟呱呱誕生了！或許這些作品中也暴露了世紀末和後現代的許多問題和困境（包括內涵和技巧上的）。但它「救亡圖存」、收復「詩」地的意義是莊嚴的，甚至「悲壯」的！詩是中國文學乃至中國文化的靈魂，因此收復「詩」地不啻爲文學和文化招魂！這樣嚴肅、悲壯的工作應當得到肯定、鼓勵，並且繼續做下去！愁予昔有詩云：「展在頭上的是詩人的家譜，哦，智慧的血系需要延續！唱啊！這裡不怕曲高和寡。」（〈山居的日子〉）今天，詩道雖然「邊緣化」了，卻也益顯其冷靜孤高，立足其上，足以俯視歷史、曠觀未來！但願年度詩選如千巖萬壑中的連綿不斷的山嶺，供我們小立片刻後，又能重新出發，朝著詩人的星系、智慧的血系，去做無盡的跋涉、無悔的追尋！

一九九三・八・七・〈中央副刊〉

人影小輯

活水磐石——以撒・辛格

猶太裔的美國作家以撒・辛格過世了！這位一九七八年諾貝爾文學獎得主由於畢生用意第緒語寫作，因此他的中文譯作無多，國人對他認識自然有限。然而，身爲一個正在式微中古老文明的繼承者和見證人，他的作品最能給國人重大啓示，他的貢獻也最値得我們深思紀念。

辛格在波蘭度過靑少年歲月，對於共產革命、社會主義、納粹暴行和極權統治都有第一手經驗。身爲亡國兩千年的猶太人，對於落難的「選民」所遭到的歧視和迫害更是身經目擊、刻骨銘心；因此他堅持用混合有德語、斯拉夫語和猶太語的語言來寫作，來表現猶太人四處流亡，卻堅持信仰，歷盡迫害卻「焚而不毀」的強韌特性。由於他的這份堅持，不但使他成爲猶太文化的魯殿靈光，也爲整個猶太——基督信仰世界留下了他們賴以存續的最生猛最鮮活的見證。

國內藝文界近年來也頗盛行民俗和宗教相結合，一時巫風大作、怪力亂神紛然雜陳。然而整體看來，這些民俗宗教對藝文創作益少弊多。因爲這些民俗宗教並不是可以賴以安身立命的終極關懷，而多是一種賄賂鬼神的偶像崇拜，一種求福避禍的功利行爲。不但不能賦予生存的意義，提升人性的價值，反而扭曲了生存的意義、貶低了人性的價值。它不具有信仰所應具有的創造性、規範性、超越性和救贖性，因此除了給藝文活動增添幾分神怪氣、民俗味以譁眾取寵外，實在不能提高作品意境。

自古偉大作品一定觸及安身立命的終極關懷，所謂「究天人之際、通古今之變、成一家之言」！信仰不同於迷信者正在於此。以撒‧辛格在這一方面所留下的典範和啓示，眞是值得國內藝文界再三深思的。

辛格作品的中文譯本並不多，不過多年來也陸續有代表作問世——比如他的自傳《愛的尋求》、短篇輯子《靈燈》、中短篇集《傻子金波》、《卡夫卡的朋友》等等，透過這些譯本，雖不易完全領略原文之微妙、複雜與獨特的美感，但是對於辛格終身持守的信仰，他以身作則，堅持維護，並發揚光大的猶太古文化，那種造次必於是，顚沛必於是的衞道熱忱，還是可以透過中文而充分感受到的。與辛格相比，總感覺我們這一代的作家，似乎多和歷史傳統脫了節，和民族命脈斷了根，古典與現代難以銜接，特別是在四十歲以下的作家筆下，傳統與現代出現了難以補救的斷層。日本作家如川端康成、三島由紀夫他們還能把握東洋文學傳統美的特質，發揮所謂「菊花與劍」的大和魂，因此而受到國際文壇的重視，而我們在這一方面卻漸漸喪失了民族特色和自我的認同！

辛格最可貴的是他的信仰入世而不溺世、超世而不遺世，並能在殘酷現實生活裡作活水磐石，讓人堅強而有尊嚴地活下去。他頗能發揮造物主的精神來發明創造，效法救贖主的精神以濟世救人。他絕不勸人隱修出家，更不教人閉關面壁，他筆下的人物雖都卑微渺小，卻個個都是頂天立地樂觀奮鬥的漢子！在不同的工作崗位上，以最好的表現作最美的見證，這種信仰是法天行健、自強不息的，是能夠開物成務、參贊化育的！相較之下，邇來此間盛行出家之風、鼓吹出世思想，不但違反積極進取、法天自強的世界潮流，也牴觸了人文理性、樂天淑世的中國傳統─種種開倒車的中古作風託慈悲功德之名以行，眞令人不勝戰慄、不勝殷憂！

一九九一・八・十七・〈中央副刊〉

依然等待的果陀

——紀念貝克特

一代劇作家撒姆耳・貝克特終於未能熬過九〇年代而與世長辭了！這位隱士一般的文壇怪傑，他的作品可是一點也不寂寞，他的「等待果陀」是本世紀來舞臺上最熱門的戲，討論它的著作也早已汗牛充棟。貝克特一死，帶走了「果陀」之謎，更爲文學史留下了無限的話題。

「等待果陀」是典型西方文化的產物，其主題可以說正中西方文化傳統的核心，因此儘管起初有些爭議，不久就得到行家的一致讚揚而成爲轟動一時的經典之作。巴黎連演了三百場，倫敦則連演了十六個月，剛出爐的劇本就被譯成了各國的文字，最後還爲他爭得了一九六九年的諾貝爾文學獎。貝克特遂成了本世紀最不寂寞的「隱士」了。臺灣也曾在存在主義熱潮下被「果陀」風靡過一陣子，但我始終懷疑有多少中國人對它能作「同情的了解」。我甚至敢說，同樣是「等待果陀」，其由國人寫出，在國內發表，不要說不可能轟動文壇、炒熱劇場，恐怕連文學獎的佳作獎也撈不到一個！它超現實的風格，它形上學的趣味，它的終極關懷，在在都不合於吾國與吾民的脾胃。

而事實上，我以爲國人最應該注意的正是這一類與我們恰相異質的作品，因爲它所有的正是我們所缺的，能夠包容異己，才能收攻錯之效。簡單地說，「等待果陀」的「等待」，就是西方文化（包括文學）的主要精神之一，靜態的等待，動態的追求，這種「未來取向」的，向前看、向上看的意態，在傳統中國文化中是比較少見的。我們也有《西遊記》、《鏡花緣》，但一般言之，從唐宋以後，這種「上下求索」、「尋尋覓覓」的大作品不多見了。中國人講究安身立命於此時此地、此心之中，所謂「道不遠人」、「當下卽是」，比較合於國人反求諸己、不假外求的小農脾胃。相對的，西方文學從希臘到現代，等待與追尋始終是主流所在：《奧德塞》、《神曲》、《哈姆雷特》、《浮士德》、《白鯨記》、《荒原》……不論是追尋或等待，總是寄情於未來與他方。哲學上稱之「外在超越」，與吾國「內在超越」正是兩條路子。向外、向前、向上，這種精神給他們帶來了人造衞星和太空梭，在他們政治經濟和科技的強勢文化的衝擊之下，古老的東方，包括中國，也惴惴然唯恐就要被「開除球籍」了！

生長在這樣一個「西風壓倒東風」，東方被西方拖著跑的今天，東西文化的比較是很教人浩嘆的！聰明的中國人一度在「此時此地此心」當中找到安身立命之所，但這種自給自足，不假外求的靜定之境不久就被打破了。現代科技告訴我們，地球不是可以長久安身之地，就是太陽也有毀滅的一天。人孤懸在茫茫宇宙間，並不能自作主張。身不由己的他毋寧是亟待救贖的一個迷失者，這才是人的眞實處境。自給自足，不假外求的境界誠然令人嚮往，只可惜那是神的境界，不是人的境界。自給自足必須是自本自根者，不假外求必須是自有永有者才做得到。人偶一夢想之亦不爲過，若想眞幹就不免自不量力而有僭妄之嫌了。

古典的中國庭院、書齋和家具，無不散發著內斂自足的美感，然其古色古香中卻也暗含著幾分陪葬的氣息，生人不宜。舊夢已逝，果陀未來，這一代的中國人想要安身立命，恐怕非大死一番不能大活！

一九八八・一・十八・〈中央副刊〉

看見別人的需要

──記德蕾莎修女

歷史上一共有三個德蕾莎修女──一個是十六世紀西班牙的修女（又稱大德蘭），一個是十九世紀法國里修的修女（又稱小德蘭），再一就是現今仍在印度加爾各答行道濟貧的修女（或許可以稱之「老德蘭」？）。這三位修女是現代人類信仰史上的三朵奇葩、三顆異星。她們的作爲雖然有隱有顯，各自不同，但同樣爲這個缺乏愛心的「黑暗時代」，帶來無限的啓示，放射出無限光芒！

大德蘭是西班牙十多座修院的創設人，又是內在靈修的偉大神祕主義者──她所寫的《自傳》和《全德之路》，幾乎令人不敢相信是凡人的作品──天使、基督、聖母和天上的諸聖人時刻與她「長相左右」，相視而笑，攜手談心，天上人間，全無障礙，這種靈修的境界，實已堪稱「超凡入聖」！文藝復興大雕刻家貝尼尼曾就她自傳中所述，雕刻一個大德蘭爲天使以金箭穿心、神魂超拔的塑像，現存於羅馬聖彼德教堂，而此一異像，早已馳名於全世界了！小德蘭沒有大德蘭那麼多的「事業」，她未曾開辦一個隱修院，也沒有大德蘭那麼多的神祕經驗，然而她的自甘卑微，她的苦修，她的「神修小徑」和她可愛的自傳《靈心小史》（此間有張秀亞女士的譯本），也早已傳誦四方，前些年還搬上銀幕，得過大獎。小德蘭能文善詩，她的詩集也有光啓社的中譯本。其人氣質冰清玉潔，皎然出塵，眞聖女中之聖女！

這三位德蘭中最「入世」的應屬現在印度的老德蘭，世稱加爾各答的德蕾莎修女！她現今已八十四歲，爲三人中享壽最高者，稱「老德蘭」應不爲過！德蕾莎修女約十年前曾來訪臺灣，見過經國先生，並發表公開演說，頗曾轟動一時。當時她指出臺灣社會不缺錢卻嚴重地缺愛，這種精神的貧乏今猶勝昔，委實值得我們儆醒。

由於德蕾莎修女是諾貝爾和平獎得主，足迹踏遍全世界，她的救貧事業更是廣及各大洲，因此大家無不視之爲「活聖人」——《時代週刊》當年就這樣稱呼她，視她爲貧苦大眾的救星！其實若細讀她的平生傳記，可以發現她的心路歷程也是逐漸在開展、在演進的。她三十七歲那年，在乘印度火車回大吉嶺的途中，感受到上帝的呼召，要她去服事「貧窮中之最貧窮者」——這，就成了她一生的使命。從此她出入在加爾各答的街頭巷尾、貧民窟中，從教貧童讀書識字開始，繼而「撿拾」棄嬰、「收拾」餓殍、接待瀕死的乞丐、送醫治瘋病人、收容未婚媽媽，以及一切走投無路、顛連無告的鰥寡孤獨廢疾者。可貴的是，她不同於一般社會慈善工作者，僅止於「人道主義」地解決社會問題，維護人性尊嚴，她乃是眞誠地付出愛心與敬意，視每一個「貧窮中之最貧窮者」爲受難的基督，誠如耶穌本人所言：「我餓了你們給我吃，我渴了你們給我喝，我病了你們來看我，我下在監牢你們來探視……」德蕾莎修女時常以此訓勉與她同工的修女，眞誠地指出，她們所救援的不止是受苦受難的「人」，而正是受苦受難中的基督——她要她的同工們在這些最貧賤的兄弟身上看見耶穌、服事耶穌，如同分享基督的聖體一般。

「凡你們做在最小兄弟身上的，就是做在我身上了」，德蕾莎修女眞能身體力行耶穌這句話，尊重他們裡面「神的形象」，恢復他們人的尊嚴。對於我們這個人類被「物化」、「非人化」的世代，這個只相信「獸性」不相信人有「神性」的世界，她的信念不啻空谷足音，讓我們重新思考人之所以爲人的根本意義，人與神的終極關係，這，決然是一重大的信息！

德蕾莎修女不僅看見物質的匱乏，同時更看見精神的貧窮。她一再指出在西方富裕社會太缺乏人與人間的關愛之情，這種缺愛的「窮人」不一定在陋巷，而很可能就在我們家裡，就在我們身邊。然而，她問：「我們認識他們嗎？我們知道有誰在孤寂地生活嗎？誰是被遺棄的人？誰被社會遺忘了？我們看見別人的需要了嗎？」這些問題，是每一個現代人所不能逃避的，並且有待我們以實際行動去積極回應的。而更要緊的是，德蕾莎修女指出：上帝最關心的不是我們做了多少善事，而是我們付出了多少眞愛！

一九九三・三・二十六・〈青年副刊〉

舉世紀念哥倫布

今年是義大利航海家哥倫布發現新大陸的五百週年，在美洲、歐洲，乃至大西洋兩岸，都是一個最值得紀念和慶祝的偉大時刻。事實上美國早就有所謂「哥倫布日」，年年慶祝，而早在美國總統雷根任內，就已組成了籌備慶祝委員會以專責策畫。在義大利、西班牙、中南美各地也都有盛大的慶典在籌備中，尤其是當年資助哥倫布出海遠征的西班牙，正好趕上今年舉辦奧運會，因此特別以「發現時代」爲名，舉行世界博覽會來紀念這位偉大的航海家。更有無數的海上健兒，準備在哥倫布五百週年前夕，依照他當年發現新大陸的航線，駕駛老式帆船再走一遍歷史的軌迹以示紀念。由這種種活動可見，哥倫布的魅力不減，即使在悠悠五百年後，哥倫布仍生氣凛然地活在世人心頭！

然而，就在舉世熱情地期盼「哥倫布年」來到的前夕，卻也有另一種迥然不同的聲音從各地升起。這大半年來，有爲數眾多的新史學家、環保人士、文化人類學者、本土主義者、生態學家、女性主義者、非西方的宗教團體……等等，相繼把砲口對準了哥倫布，嚴厲指控他是美洲土著的屠殺者、是印第安文化的毀滅者、是生態環境的破壞者、是迫害異教徒的元兇大憝、是帝國主義的罪魁禍首、是西方殖民政策的始作俑者、是梅毒的散佈者、是投機的淘金客、是行爲不檢的流氓、是假公濟私的騙子……種種罪名忽然飛到他的頭上，使得他五百年來的英名幾乎毀於一旦，使得他巍峨的桂冠四周平添了不少蒼蠅！到底他是英雄還是流氓？是聖哲還是罪魁？成了今年熱門的話題！

根據史實，哥倫布發現新大陸是眞的，但由他開始毀滅不少美洲土著文化也是眞的。從基督教立場看，他是聖哲，他之出海冒險主要是爲了傳福音，他把登陸的第一個島命名爲「聖薩爾瓦多」——救世主，就可證明他的虔誠。他的船名「聖馬利亞號」，他追求黃金的目的在支持教廷和十字軍，他臨死還穿方濟會衣而終，其虔誠不容懷疑。然而也和當時的信徒一樣，愈虔誠愈不容忍，遂重蹈「以劍傳經」的覆轍，成了美洲原住民文化的煞星，這一點是他本人也感到遺憾的。宗教寬容是這兩三百年來才逐漸形成的共識，在「異端裁判所」大行其道的當時，對哥倫布似也不必苛責。

扣除了時代所造成的錯誤和罪孽，哥倫布仍不失爲歷史上有數的偉人。他橫越大海、冒險犯難的精神確實是前無古人的。他眼光之遠大、信念之堅定，允稱豪傑中的豪傑！他堅信

「向前有路」、超越極限、探索未知的精神，更是西方文化在近代之所以邁越前古、領先世界的祕訣所在。和它相比，印度的「回頭是岸」、中國的「適可而止」、「返璞歸眞」，都顯得太消極、太退縮。相形之下，東方人老想走回頭路，而回頭實無路走。近代西方則如「過河卒子」，拚命向前！乃於五百年內爲人類文明開創了無數的新境界，其進步之大之速，遠超過以往數千年文明之總合，東方怎能不瞠乎其後呢？今天美國的星戰計畫、外太空探索也仍是哥倫布精神之延續，我們若想迎頭趕上，除了急起直追，效法哥倫布「向前看」的精神外，也別無上策。

美洲因哥倫布發現成爲白人世界固然令人不平，但若無北美憑障，民主自由哪能克服納粹、共產屹立至今？這一點也不能不算是哥倫布意外的功勞！

一九九二・一・八・〈青年副刊〉

莫札特與「唐喬望尼」

音樂神童莫札特逝世兩百週年了，爲了表示紀念，公共電視特別以連續三週的時間，播出了他的著名歌劇「唐喬望尼」。雖然播出時間很晚，已屆深夜，但我還是一次不漏的把它全部看完了。因這是現場的錄影轉播，效果自不如錄音來得理想，然而連歌唱加上表演，自然逼眞生動得多。

「唐喬望尼」是莫札特三十一歲時的作品，算是「晚年」之作了。劇中他對音樂和戲劇效果的處理都已到爐火純青的境界，我個人認爲它是僅次於「魔笛」的最佳作品。儘管在當時，有人以爲它的主題不夠道德（按：唐喬望尼原是一毫無道德觀念的色狼），貝多芬就表示「神聖的音樂絕不該降格去服事這麼一個可恥的題材！」他爲這齣歌劇而對莫札特表示了最大的不滿和憤懣。然而同時的歌德卻說這是個「純精神的創造，元氣淋漓而氣韻生動！」齊克果更是在日記和作品中對它三致其意，不能自已！他說他有個朋友看這齣歌劇連續不斷地看了三十年——這個「朋友」很可能就是他自己！他稱唐喬望尼是個「幽靈」、是一種「魔性」、是美感生活之典型……柴可夫斯基則認爲這是歌劇上無可比擬的偉大成功，並且說：「是由於莫札特，我才把此生獻給音樂！」後來大文豪史湯達爾（《紅與黑》作者）也生動地表示：「我最恨走泥巴路，但我願走十里路的泥沼去聽一場上好的『唐喬望尼』。沒有任何一齣歌劇，也沒有任何文學作品能給我這麼深刻的樂趣！」

其實莫札特這齣「唐喬望尼」雖說取材自「色狼傳奇」，但經過改編，「不道德」的成分已大大減低，在今天看來實在只是「普通級」，絕對稱不上「限制級」！貝多芬的「義憤」多少有些大驚小怪了。唐喬望尼又稱「唐璜」，原是傳說中十四世紀一個西班牙的風流貴族，性好漁色，一生獵艷無數，且「生冷不忌」，人盡可「妻」！是個完全沒有道德禮教觀念的浪蕩子！由於他這種反禮教反道德的特立獨行的作風，很引起浪漫文人的注意，拜倫就爲他寫過長詩，宣揚他的「撒旦主義」，一時風靡全歐，仕女尤爲傾倒。因此唐璜（就是唐喬望尼）遂成了一種典型——及時行樂、放浪形骸的典型。正如同哈姆雷特代表知與行的矛盾，浮士德代表無限追求的權力意志、流浪的猶太人代表愛與信仰之追尋與救贖……這些「原型人物」也就成爲文藝作品中最受寵愛、最受歡迎的角色了。

齊克果也把唐璜當作一種典型，來說明他的「人生三境界」論——第一步是感性人生，只顧享樂，不顧一切，以唐璜爲代表。第二步是道德倫理人生，歌德堪爲代表。第三步是宗教人生，亞伯拉罕是最高典型。試觀現代的心理分析學，唐璜實在很可代表人的「原我」Id，他只求快感滿足，完全不服理性，是一股巨大的原始慾望，沛然莫之能禦。劇中最後出現了復活的石像，警告他趕快悔改，而他始終悍然拒絕——這一幕很可以看作是人的「超我」Super-ego（良知、信仰）對人的「原我」的忠告，希望他認罪悔過，浪子回頭，而唐喬望尼抵死拒絕而生陷地獄。震人心弦的樂聲中，眞讓我們看見人的「原我」何其執拗難馴，自古忠諫之士多無好報，由此又得一解。

我唸中學時曾爲李珣小詞〈南鄉子〉譜一小曲，多年後發現竟與「唐喬望尼」中的女高音詠嘆調「打我吧，馬塞特」主旋律完全相同，驚喜之餘更愛這齣歌劇，也更愛莫札特了——可惜我未能走上音樂之路，只有終身作一個莫札特的崇拜者自慰了！

不朽的大衛連

英國導演、一代大師大衞連過世了！十六號從倫敦傳出他的死訊，全球影藝界都爲之震悼。他的死不僅是影壇上無可彌補的一大損失，同時也象徵了電影史上一個時代的結束，而且是一個不平凡的、大時代的結束！

此間影迷對大衞連並不陌生，可能是歐洲大師級裡最爲我們所知的一位，因爲他的作品雅俗共賞，又叫好又叫座，是票房的補藥，也是影迷的最愛！比起柏格曼、楚浮、波蘭斯基、費里尼、高達等這些比較「曲高和寡」、進口又少的名導，大衞連在此間不論「人氣」、「買氣」都旺盛得太多，幾乎不可同日而語了！論作品深度與藝術獨創性，大衞連也許比上述幾位略有不逮；然而論氣魄、論幅度、論壯麗、論「人味兒」，大衞連可謂舉世無匹、無人能望其項背的巨匠！他的作品如「阿拉伯勞倫斯」、「齊瓦哥醫生」、「桂河大橋」、「雷恩的女兒」等等，都是大氣磅礴，元氣淋漓，有如史詩一般的震撼人心！使人有一種念天地之悠悠、思古今之無窮的宇宙情懷！這一種對人類「大經驗」的描寫，在七〇年代以後是絕少見的了。這十年來的電影日趨「小經驗」的捕捉，雖也精確平實地反映了浮生一漚，但比起滾滾黃沙、浩浩滄海，畢竟有大小之別，巨細之異。影藝界譽他為「西斯汀天篷壁畫」，他的確不愧為影壇的米蓋蘭基羅！

回顧大衛連所拍的片子，大半都是文學名著改編而成，足見他的文學造詣廣博深湛——他對於莎翁、狄更斯、王爾德等大文豪都有深刻的研究。他生前和劇作家諾爾康華 Noel Coward 是莫逆之交，對於他的文學修養有莫大幫助。名著要變成名片並不容易，巨著要變成巨片更不容易，而大衛連卻能溝通二者，變化出新，點化之妙，無出其右。他晚年獲得影壇最高榮譽「影藝學院終身成就獎」，和比他在先就獲獎的奧遜威爾斯一樣，都是世界名著最佳的詮釋者。巴斯特納克的《齊瓦哥醫生》卷帙繁重，能終卷的讀者並不多。透過他的影像化再呈現，才使這本「人人皆知、人人不看」的巨著成為風行一時、家喻戶曉的故事了！能夠遇到這樣的導演，實在是文學家的一大幸運！

大衛連不但把許多名著推廣到廣大群眾，他生前也發掘了、培植了不少巨星——彼德奧圖、奧馬雪瑞夫都是他慧眼識英雄，一手提拔起來的！阿拉伯勞倫斯、齊瓦哥醫生之所以普世知名，無疑是由彼德奧圖、奧馬雪瑞夫所定型的，而身為英國人，他藉著「勞倫斯」批判英國自私的帝國主義，身爲西方人，藉「齊瓦哥」而表現了對俄國人民和文化的同情，在「印度之旅」中更對東西文化作了深刻的比較和反省。而「雷恩的女兒」對於信仰與俗情、靈與慾之間矛盾的剖析，更宣揚了「饒恕」和「愛敵人」的福音，比講一千次道還有力！

大衞連是很典型的英國紳士，有最好的西方文學和文化教養，卻能不囿於國界和種界，對東與西、古與今、聖與俗、靈與慾都有夠深夠廣夠客觀夠藝術的認識和詮釋，眞做到阿諾德所稱「靜觀人生，並觀其全豹」的古典境界，他的二十八座金像獎絕不是浪得的！司馬遷所謂「究天人之際、通古今之變、成一家之言」，這三點大衞連全做到了，故無愧爲影藝界的「史詩」。只是，這樣的一代大師，亦如廣陵散，今後不易再得了！

永遠的費里尼

當代最偉大的導演之一——費里尼過世了！自從他病危的消息傳出以來，世界各地的影迷和影藝界人士都表現了最大的關切，其熱烈程度猶之乎面臨一個重要世紀的結束一般。而當費里尼過世的噩耗傳出，則舉世一致哀悼，其盛況與哀榮雖一國元首不能及！喪禮當天，義大利的總統親臨致哀，羅馬大主教親自主持彌撒，當代影藝界名流齊集一堂。而教堂外不期而至前來送殯者逾萬人。靈車所過之處，家家戶戶投擲鮮花玫瑰以致意，一切彷彿費里尼生前電影中的場面，令人爲之深深動容……

費里尼崛起於六〇年代，是戰後從廢墟裡浴火重生的一代導演，在他之前有拍「不設防城市」的羅塞里尼，拍「單車失竊記」的狄西嘉以及拍「豹」的維斯康提——這些老一輩的大師基本上還是屬於寫實主義傳統的人物，在電影的技法和語言上都還未能完全跨入現代主義的大門。費里尼由追隨他們拍片開始，卻很快跳出寫實主義的門牆，把電影藝術推向了現代化的新境界。這一種「由傳統到現代」，「由寫實到超現實」的飛躍，在義大利電影史上，乃至世界電影史上都是有畫時代意義的——費里尼不朽的盛名正建立於此！

雖然同樣跨越二次大戰，費里尼的心境卻是屬於「大戰後」的一代，和存在主義、荒謬劇場、超現實派、魔幻主義……這些所謂「前衞」、「新潮」的趣味是旗鼓相應的！在他的世界中有著和卡夫卡、容格、布吉斯他們氣味相投之處。因此出現在他影片中的不只是對大戰的現實反省，對法西斯的政治譴責，乃至於對義大利文化轉型的探討……費里尼基本上更深入個人的潛意識、集體的潛意識，聖與俗的矛盾、靈與慾的掙扎、文明與墮落的相持……由於這些複雜的觀照，使他的片子比羅塞里尼、狄西嘉他們的更加豐富而有深度，也更切中現代人心靈的特質。他六三年的代表作「八又二分之一」，在當時轟動全球，被奉爲一代經典。這部片子如同文學中的《尤力西斯》，準確而又詭異地捕捉住這一個時代的精神風貌。

然而費里尼之作爲一代大師，並不只是「開山」有功，他對傳統的繼承與發揚也不遺餘力。他的「三艷嬉春」，是出自薄伽丘的《十日談》。他的「愛情神話」出於《薩特里貢》。古典文學、聖經故事、中古傳奇、文藝復興詩歌，都在在成爲他作品中的資源，這使他的作品看起來有厚度、有歷史感。從他晚年的訪談中可以看出，羅馬天主教、義大利歌劇、希臘拉丁文學對他有終身不磨的影響！這種出古入今、吞吐神話、疑眞似幻的戲劇化境界，構成他影片特有的魅力。他身後哀榮如此之盛大，義大利百姓對他如此之愛戴，正表明他的作品深深觸動了這一個古老民族的集體潛意識。

除了對古典傳統和現代文明的修養外，費里尼始終保持一顆活潑好奇的童心以及對生活本身的熱愛。他至老都保持著對童話人物（特別是木偶皮諾巧）及馬戲團生涯的高度興趣，這種心智上的自由與純眞，對生活第一手的掌握，不但使他的作品戲味十足、趣味十足，更重要的是使他免受理論的束縛和意識形態的擺佈。他的電影很「活」，很人性化，正有賴於他未泯的童心和強烈的生活觀！

由費里尼反觀我們自己——其實身爲這一代的東方人、中國人，我們有比費里尼更豐富的憑藉。我們了解西方的傳統和現代，又擁有西方人所難以領受的東方文化遺產。我們民族這百年來的經驗比義大利比西方各國都更戲劇化。我們所面對的「傳統——現代」之張力比西方更大更強烈，而「後現代」對現代的批判正方興未艾，這是費里尼他們那一代所未能完全把握的。因此，如果能夠善用這些資源，東方的、中國的電影應該可以超越費里尼的境界，讓全世界刮目相看！可惜的是，我們的影藝界似仍缺乏這種視野和抱負，我們的影劇教育也還沒有積極培養編導人才。年輕學生急於出名，安於小成，整個影藝工業對人文修養不重視！這樣下去，中國電影永遠不能有大突破、大進境，而中國的費里尼也不知何時才能出現了！

一九九三・十一・十二・〈青年副刊〉

返璞歸眞的黑澤「夢」

東方導演在國際上最受重視的，應該就屬黑澤明了！他對東方精神和日本之美的特殊掌握，使他個人成了東方文化和日本藝術在電影上最具代表性的詮釋者，這一方面他很像文學上的川端康成，只不過川端所擅長表現的是日本的陰柔細緻之美，黑澤明則兼陽剛雄健之美而有之。

今年已高齡八十二的黑澤明，最近又推出了他的新作：「夢」。上演以來，在國內頗獲好評。這是一部自傳意味很濃的片子，黑澤明藉此回顧了他人生最重要的幾個關懷──生、死、創作、反核、返歸自然……透過八個詭異的夢，一方面再現了日本文化特殊的美感，一方面對於現代科技文明作了嚴厲的批判。其中有回憶、有預言、有歎息、有警告。黑澤明的人生觀、世界觀、文化觀在本片中有最清楚的表達，或者可以說，太清楚了。

人老而憶舊是很自然的事，在他深沉的懷舊情懷中，古典世界無疑是高度美化了。在

「太陽雨」中，森林裡狐仙們的迎親式，把一個喜事提高到「悲劇」的高度，那種冷肅和神祕，眞把日本歌舞劇的魅力發揮到極致了！在「桃果園」裡，那一段花之精靈的歌舞和桃花遍開之綺麗，把古代貴族品味提高到一種惝恍的仙境，冷艷迷離更令人嘆爲觀止！這是日本藝術之精華，仙氣、鬼氣、靈異之氣、逼人的淒美、懾人的冷艷，是黑澤明對故國文化最高的禮讚，看了教人感動到不能自已！這原是杜子美〈秋興〉八首一般的匠心、一般的深情、一般的感喟啊！

處理比較失敗的是那幾段反核的夢。特技很可觀（它本是史蒂芬‧史匹柏的特長），但處理得頗雜亂，批判也乏新意。黑澤明的「大和魂」似乎不很能掌握住科技文明的現代感，不能解讀核能的抽象語言。換言之，黑澤明仍是寫古詩的高手，對寫現代詩就格格不入了！「紅色富士山」和「哭泣的精靈」都只能嚇人不能感人，前者像宣導短片，後者像但丁〈地獄〉篇不成功的仿作，大體上是失敗了！

他處理「麥田烏鴉」那一段，述說夢遊梵谷之畫，確實很見匠心——他索性搭了幾個和梵谷名畫一模一樣的場景，讓人走入梵谷特異的心景之中，倒是給人很奇異的一種經歷。相信許多梵谷迷都喜歡這一段的！他這段夢很像改編了芥川龍之介的短篇〈沼澤〉，本想表達一份悲劇感。然而教梵谷親身說法，開口說教，反而破壞了美感，弄巧成拙了！

一般中國觀眾大概最愛他的最後一夢「水車村」，這是〈桃花源〉加上《莊子》的境界——返璞歸眞、鼓盆而歌，大有逍遙齊物之意！村中百歲老人反對科技、反對電力、歌頌回歸自然，天人合一的素樸哲學，是很能抓住東方人心靈的。然而，我們也忍不住想問問黑澤明本人：「果眞沒有科技沒有電，您老的電影藝術又怎麼來呢？」我想他老人家也只有苦笑吧！其實科技無罪，有罪的是人，是人將科技誤用濫用了，沒有科技，世界只會更慘、絕不會更好，也絕不會保住桃花源，有罪的人不可能建立一個無罪的世界。科技的問題只能用更高的科技補救，正如民主的問題要靠更成熟的民主來解決是一樣。放棄這一切，不過回到古代的役於自然、役於專制的奴役狀態而已！黑澤明用來抵制現代科技的工具——電影，不還是現代科技的產物嗎？不知老當益壯的一代巨匠有沒有發現自己陷入了難解的矛盾和弔詭？

一九九一・七・二十五・〈中央副刊〉

典型長在・赫本不朽

對於很多影迷來說，女星奧黛麗赫本的過世大概是本世紀影壇上最大的損失之一了。她的死訊在全世界各大媒體上都佔了極大的篇幅，看上去儼然是一個「歷史性事件」，甚至連柯林頓就職的報導都相形失色。眞的，今後可以有無數個美國總統，但如奧黛麗赫本者，古往今來只有一個。

赫本之死何以如巨星之殞，引起這樣空前的震悼和惋惜？這理由是說不清楚的。論美貌，她並非最美，同時的玉婆泰勒、早逝的費雯麗都比她更艷。論演技，則凱撒琳赫本、蘇珊海華也都比她精湛；論性感，則BB、CC，乃至於露露（珍娜露露布烈姬妲）都比她性感；論偶像性，則夢露、嘉寶都超過她；論性格，則蘇菲亞羅蘭、英格麗褒曼都比她有性格；論氣質，則葛麗斯凱莉、黛博拉蔻兒也不遜色。是則，到底那一點使赫本如此出衆，如此魅衆呢？西方一位影評家說得好：那是因爲赫本象徵了一種「淑女」的典型，而這種典型的淑女在今日世界上已漸漸「缺貨」了！

確實，赫本的形象清麗脫俗，眞是「此女只應天上有，人間能得幾回聞！」其氣質如深谷幽蘭，其舉止如空谷足音，其談吐如出谷清泉，婉然清揚，脩然出塵。這種高雅脫俗的氣質直到她晚年都不曾稍減，到死都沒有給人「眾芳蕪穢」、「美人遲暮」的凋零之感。相形之下，靠濃妝艷抹遮老的玉婆泰勒就庸俗多了！因此，赫本在世人印象中始終是「窈窕淑女」、「在水一方」——世人永遠忘不了她的「美目盼兮」、「巧笑倩兮」。她可以說是詩人歌德所謂的「永恒的女性」，她是以不朽的典型永遠活在人們的夢中。

其實美女在世上永不缺貨，但「女性美」確實在迅速流失之中。女性美的典型更是稀有難得、漸漸絕迹了。後現代社會的特色之一就是性別的模糊化、中性化，也卽是女性的逐漸消失。試看當今校園中，所謂「伊人」，無不腳踏球鞋，身穿T恤，縱聲狂笑，與男生無異。試一聽廣播，女性談吐之豪放甚至「放縱」，生冷不忌、葷腥不避，常比男性更開放！而電視上女主持人之大吃男生豆腐，其出語與「出手」之驚人，都常把男生比下去了。在這樣一個性別模糊化、女性男性化的時代裡，想找一個「窈窕淑女」眞是比緣木求魚還要難，再想找一位淑女的「典型」，那只有向夢中追尋了。

性別的模糊、典型的消失固然是「解嚴」、「開放」的一大表徵，相對於傳統對女性的

「禁錮」、「壓抑」，自然有其正面的意義。但性別與典型的中立化推到極端，多少也是違反了自然。《易經》說「一陰一陽之謂道，繼之者善也，成之者性也」，陰陽不明則生命之道必然暗受虧損，男女無別則兩性之道必漸趨乏味。性的吸引力、激發力、提升力、互補力和創生力一旦枯竭，整個人類世界都將停擺，文化的創造也要告終。今天當我們看到年輕人越來越傾向於遲婚甚至不婚，家庭婚姻不再吸引他們，單身貴族的生活反而人人羨慕……這些現象基本上都是「兩性革命」的結果，「性」一旦被開革，命也就無以爲繼了！這種「無性社會」或「中性社會」的來到，是世紀末的一大病態，也是二十一世紀的一大隱憂。

「窈窕淑女，君子好逑」，這種男女有別、兩性思慕的境界畢竟是自然之大道與人文之正道，「關雎」因此而傳頌不絕，赫本因此而永垂不朽。

永不凋謝的鬱金香

——奧黛麗赫本週年祭

本月二十號是一代影星——奧黛麗赫本的逝世一週年祭。去年此時，她的靈柩在兩個兒子的扛負下，悄悄安葬於瑞士一個寧靜的墓園。當天來送葬的都是超級巨星，包括她的前夫米爾法拉，另外還有羅傑摩爾、亞蘭德倫，在群星熠熠中，可以看見全世界最漂亮的男人送走了曾經是全世界最美麗的女人！誠如當時《紐約時報》的主筆梅斯林 Janet Maslin 所說：「她就是優雅與和善的化身，她爲影壇增添了仙靈般的光輝。她的過世使影藝界失去了一位最動人的女星，事實上，我們失去的乃是一隻——天鵝！」

用「天鵝」來比擬赫本眞是再貼切不過！早年醉心於俄國芭蕾舞的她，一生都保持著有如天鵝般飄然出塵的仙姿麗影，顧盼之間無絲毫煙火氣，這種高雅純淨氣質在國際影壇可謂空前絕後。爲了仰慕她迴然絕塵的氣質，荷蘭人甚至特別將一種改良的白色鬱金香以她命名。施洛德 Martin Schroeder 就送了一束白色「赫本香」，以鬱金香送天鵝，眞是最羅曼蒂克的絕配了！

美國大導演比利・懷德曾經稱赫本是當今影藝界的「貴族」——這種貴族的氣質在現代世俗化的潮流中幾乎已然「絕種」。赫本獨特的魅力泰半出於這種天生的貴族氣質，而事實上她也確實具有貴族血統，她的母親就是荷蘭世襲的男爵，她的父親也是英國的顯貴世家出身，因此屬於她的特有的歐洲式的——貴族風的高雅氣質可謂家學淵源其來有自！這是她得天獨厚的地方。在貴族式的環境裡，她很小就接觸到俄國的芭蕾舞，師事名舞蹈家藍伯特夫人 Marie Rambert，多年苦練，陶冶出天鵝公主一般的仙氣，影評家稱她「天鵝」，絕非偶然。荷蘭位處歐洲文化要衝之地，不論文學、藝術、音樂、戲劇都是人文薈萃之都，赫本因此在早歲就已廣泛接觸到當時藝文界翹楚，其中影響她最大的應屬法國女小說家柯莉黛 Colette。柯氏當時剛出版她的名作《琪琪》*Gigi*，正四處物色合適的女主角，她一見赫本立刻眼前一亮，如獲至寶，說：「妳就是我的琪琪！」後來這齣戲在百老匯上演，轟動一時，赫本也因這齣舞臺劇一炮而紅！

由於百老匯的成功，赫本很快被好萊塢注意到了，許多大導演都對她表示興趣，其中以威廉・惠勒最欣賞她。他當時正準備拍「羅馬假期」，公司方面推薦的女主角人選有珍西蒙斯和伊莉莎白泰勒，但惠勒獨獨垂青於剛出道的赫本。他說：「我要一個眞正有公主氣質的女星來演安娜公主！」在這位名導心目中，只有赫本能讓人感覺是一個天生的公主——伯樂識千里馬，就這樣，赫本以「公主」之姿躍上銀幕，與天王巨星哥里格萊畢克演對手戲，演活了那位淘氣公主，在羅馬的古蹟中——一顆明星於焉崛起！

自從「羅馬假期」一鳴驚人以後，赫本幾乎一開始就給「定型」了。此後她所飾演的角色也多屬「貴族」、「千金」型的女性，其中最著名的如：「巴黎假期」、「戰爭與和平」、「窈窕淑女」、「修女傳」、「第凡內早餐」、「偷龍轉鳳」……等，大多皆是上流社會的角色，因此她給人的印象，也永遠都是高貴清麗，超然脫俗。她彷彿「天使」的化身，使許多艷星在她身旁都變成了庸俗脂粉。然而，也因此，她的「型」限制了她的戲路，她一生都未能如另一個「赫本」——凱撒琳赫本那樣，演出過那麼多「硬裡子」的戲！

然而，赫本並不是對人間悲劇沒有體會的。她在少女時代住在荷蘭時，親眼目睹過納粹的暴行，猶太人的悲慘遭遇。大戰期間她同樣挨餓、受凍、躲轟炸、染惡疾。少女時代的她特別同情猶太人的遭遇，她與猶太少女安娜同里同歲，是最適合演安娜的影星，然而她多次拒絕了片商的邀約，因爲她太熟悉那段悲慘的日子了，完全控制不了激動的情緒，五十年後，她應邀與英國皇家交響樂團合作朗誦幾段〈安娜日記〉，年已老邁的她仍當眾痛哭，泣不成聲！致使全場來賓爲之肅然動容！

赫本生命的最後兩年完全投入聯合國親善大使UNICEF工作，遠赴非洲幫助貧病難童，全然不顧自己癌症的痛苦。她一步一淚的悲憫犧牲眞使人恍見天使下凡，年雖老而不改其美麗高貴。她兒子說，赫本至死還念著索馬利亞那些難童，仍相信唯有愛能使世界變好。天鵝公主、鬱金香、愛的天使、永恒的精靈，這就是歲月所永不能毀滅的奧黛麗赫本！

一九九四・一・二十一・〈青年副刊〉

雅富俗趣的梵谷

荷蘭大畫家梵谷逝世百週年祭，全球各地都展開了盛大的紀念活動。熱浪所及，處處可見梵谷之畫，時時可聞梵谷之名，場面之熱鬧，眞稱得上是個「梵谷年」。

梵谷生前寂寞，死後暴得大名，在當代，他的熱愛者、崇拜者，以量而論，恐怕超過了古今中外任何一位畫家，其雅俗共賞的程度，堪稱是popular了！在我的親友當中，凡喜愛藝術的，幾乎沒有一個不是梵谷迷，這一現象，使業餘欣賞者的我不能不感到幾許困惑。長久來我始終感覺：梵谷畫的本身是個奇特的現象，而梵谷迷的本身也是一個奇特的現象，對我而言，兩者都不可解，是個謎中謎。

我從高中時代接觸西洋畫，一開始就愛上印象派以後的近代藝術，梵谷自然強烈吸引過我，但和我身邊那些梵谷迷相比，卻有熱與溫之別，日與月之分，由於我不能像別人那樣迷他，使我不禁懷疑，梵谷生前死後身價之懸殊，會不會有些過猶不及了？我與梵谷之間的關係彷彿交朋友，而我的朋友和他的關係不免像談戀愛了。會不會他生前評價「不及」，身後評價又「太過」了呢？

梵谷的畫自然是動人的，但何以動人如此？我曾花了不少功夫去嘗試了解。從藝術史文化史的角度來看，他的印象派成分很能表現日常生活本身的色彩，暗合中產階級生活主義之品味。在他的畫面上，你不容易看到達文西的「最後晚餐」、米蓋蘭基羅的「創世與審判」，或拉飛爾的「聖母聖嬰」、「雅典學園」的神聖莊嚴、雍容華貴，你看到的是世俗的、日常的小生活、小人物、小場面，非常親切、非常現實。他從日本浮世繪學來的那股子「俗」味，尤其討中產階級市民的歡心。再加上他濃重設色之版刻趣味，非常富於觸感，不止是看得見，並且摸得著，這也十分切合現代人要掌握現實的一種心理需求。除此而外，他強烈的個性，絕對的主觀主義，和現代人強調個性、表現自我、追求解放的主觀性格也旗鼓相應，相較之下，古典時代的「克己復禮」，允執其中的平衡感、客觀性就引不起現代人之共鳴了。

而最特別的是，梵谷雖富「俗」趣，雖重個性，但他畫中卻又潛藏著要求獻身的宗教熱情、自我犧牲的中古精神、聖化俗世的超越意志，這些正可與現代人下意識中對宗教信仰所殘留、所潛藏的熱情相呼應，因此一見梵谷熱騰騰、火辣辣的畫面，遂如乾柴烈火，一觸即發了！總的說，梵谷畫的表面是極迎合現代人世俗化之趣味的，而他內在殉道式的狂熱又為今人壓抑在現實主義下的非理性熱情找到了宣洩的出口，這矛盾的統一，應是梵谷所以迷人之祕訣所在吧！

在我的偏見裡，總覺梵谷是巨匠、是名家，似還稱不上「大師」？他始終未能控制其內在的狂熱而反為之淹沒，在這一點上，他與文人中之賀德琳 Holderlin、諾瓦里斯 Novalis（特別是他的「夜之頌」）相近，和歌德、托爾斯泰相遠。歌德所稱「古典健康、浪漫病態」，梵谷毋寧近於後者。他和貝多芬同具藝術之激狂 frenzy，但樂聖能控制這激狂，梵谷則不免失控了，他被自身之魔性捲走了。此所以歌德、貝多芬為古典型之大師，梵谷要為浪漫型之名家。他的魅力在於「發而皆不中節」的反中庸之道——這是我們在年輕時所迷戀，在盛年時所同情，在中年後所當超越的一個境界吧！

「紅孩兒」的哀歌

——列寧神話一則

九月二十七號，世界上發生了一件大家都沒注意到的大事，那就是在蘇聯有七十三年歷史之久的共產主義青年團，即「共青團」Komsomol解散了！共青團成立於一九一八年，也就是十月革命成功後的第二年，它專門吸收十三歲到二十八歲的青少年參加「革命」。在它全盛時期曾有團員超過四千萬人，不少俄共第二代的黨員都是它訓練培植出來的，可以說是「列寧爺爺」的紅小兵、「史達林伯伯」的赤衞隊，也是俄共擴張與壯大的生力軍。在俄共崛起之初，參加過共青團是很值得誇耀的一件大事！它表示「成分好，志氣高，革命熱情呱呱叫！」這些赤膽忠心的「紅孩兒」，雖多未投身十月革命，但他們確實是十月革命的產兒。許多團員之入團就是受了十月革命直接的刺激或間接的感召，特別是列寧個人的「魅力」，更是吸引許多熱血少年入團的主要誘因。然而幾十年過去，俄共在本國失盡民心，社會經濟的凋敝使共產革命成爲一個世紀末的神話，這個神話在毫不悲壯的「八月政變」中又成了一個漏了氣的笑話。當共產旗幟和列寧銅像一齊被「反革命」風潮紛紛掀倒之際，革命的熱情、列寧的魅力、共產的神話也頓時成了歷史反諷的材料。「共青團」中年長的團員（今年也有八、九十歲了）有鑑於此，撫今追昔，眞不知將何以爲懷！面對這一番驚天動地的人世滄桑，這一批當年自願獻身的「紅孩兒」應該對造化弄人、世事無常有著比任何人都要深沉的感觸？追索這些當年的「紅孩兒」、今日的「老革命」的心路歷程，不僅是「有趣」，更是富於歷史意義的事。可惜在西方媒體上，迄今未見有相關的報導——這些人老的老、死的死，花果飄零之餘，恐怕也「欲語還休」了吧！倒是在這悠悠七十年間，老一輩的共青團員多少還留有若干詩文，一鱗半爪中，還依稀反映出那個時代的火光，可以作爲歷史的見證，也透露了他們的心曲。

底下這首詩，就是當年受了十月革命感動，又特別是列寧個人魅力感召而志願獻身無產階級革命的一位「紅孩兒」的自白，讀來令人不勝感動也無限感慨！

永懷列寧

瓦德夫斯基
Alexander Tvardovsky

從那個難忘的冬天以來
一千個冬天又過去了
當列寧離開世界的那一天（註）
我的生命才算來到世間

當莫斯科陷入呻吟
每一個城市也相繼陷入呻吟
彷佛一千年過去了
又彷佛過去的不止千年……

我還記得那些淒楚的面孔

當夜，在村子口的一所學校裡
鄉親們老遠從各地趕來，聽說列寧已死
不禁如喪考妣般地回去……

屋門關了，有人上了鎖
校園又恢復了沉默
當夜大雪阻絕了一切
又在窗上貼滿了敗葉

天氣乾冷得厲害
我決定不回家了
一個孩子，年方十三
（距今已是如此遙遠！）

這孩子裹著過大的羊皮

（外套當時根本穿不起）
空蕩蕩的校舍裡的那一夜
我一生一世也無法忘却

我淒然的目光四處徬徨
月下的雪花競閃著藍光
我彷彿坐在一個棺木旁
伴著我們的領袖，而他已駕返天鄉

我甚至不感到孤單
在空曠的夜之校園裡
沒有悲哀，只有無盡的悲哀
抓住我，從此不再放開！

那年冬天我還太小
列寧的思想我一點不曉

他所寫的書
我一本也不曾拜讀

我見過他的照片
但我所知於他的
不會多於班上同學
或隔壁的小孩

但說不盡的悲哀
鋪天蓋地的將我活埋
在黑暗中我默默下定決心
——要比任何人都愛他更深！
我情願用我的生命
來代替在墓中的他

世界將重獲列寧
由於我和他交換了生命

若因此違背了自然律
這份心願不能達成
我決定，在未來
一定要為列寧的名而犧牲

在他旗下我全心立誓：
不論天涯海角我都矢志跟從
領導我一生的將只有他的遺命
儘管列寧他並不知情！

我鄭重地許下諾言
一個小孩，在很久以前

那夜，我把粗布袋當作枕頭
然後用大把的淚水把它浸透

最後我累極入夢
懷著滿心的悲傷和激動
清晨我一覺醒來
守夜人已點起晨燈

正月的風仍自怒號
窗和牆都齊被震撼
那是何其重要的一年呵
那一年，我，加入了共青團！

（註：列寧死於一九二四年一月二十一日，在莫斯科近郊高爾基村，死因為血管硬化、腦溢血）
——一九四八—一九四九作

這是一個第二代的老共產黨員回憶當年列寧過世時，自己的一片「孺慕」之情、赤子之忱，感人至深！這個當年連列寧說什麼都弄不清的鄉下孩子，卻情願替列寧死，好讓世界「重獲」列寧！他情願爲列寧「殉道」，儘管列寧永不知道！古今至情，還有超過這個的嗎？看來馬列當年確乎激動了「信徒」們的宗教熱情，而共黨最大最不可原諒的罪惡，恐怕就是它用盡了世界上最大的道德資源，作出了最大最不道德的政治投資，詩中這位老黨員若還在人世，撫今追昔，又當作何感想？

這位老團員，當年的「紅孩兒」是否仍在人世？我們無法得知。我個人希望他在，可以另寫一詩說明共產理想如何變質，如何墮落的過程，給後人留一個永遠的殷鑑。但我又怕這位詩人仍在世間，畢竟，看見自己虔誠的信仰變成一個迷信，是最難堪的事！就讓這位老「紅孩兒」，帶著他不老的革命之夢，永遠安息在早已安息的列寧的身邊吧！

心影小輯

心謠小輯

壯士一去今復返

——迎「蝙蝠中隊」十四位烈士遺骸歸國

小時候常聽住眷村的親戚說到那些年輕的空軍「小飛官」從天上掉下來的故事，當時心裡並沒有什麼特別的感覺，彷彿那是很遙遠的事，像天空和雲那麼遙遠，和我們沒有關係那種遙遠。

對於這些小飛行員、英年殉國的故事比較有感動，還是讀大學時看白先勇的小說《臺北人》，其中寫到那些小飛官和他們小情人、小妻子的生死戀，爲何昨日還是雄姿英發的青年，豪邁瀟灑的大情人，今天卻已成了一片殘骸，一座青塚！他們的未亡人又是如何飲盡人生苦杯，成了心靈上的畸零人！看白先勇蒼涼的文筆，讓人感覺到小至個人，大至國家都被冥冥中不可知、不可抗的命運的擺佈，而小我的命運又是如此緊密地聯繫大我的命運。換言之，這些英年殉國的小飛官，其實是爲了在地上生活著的我們這些同胞而奉獻了大好的青春和生命！而天上人間，我們彼此並不認識。而碧落黃泉，我們之間永遠也不會相識相見！而他們卻是爲了這些看不見也不知名的朋友們犧牲了一切！

「爲朋友捨命，沒有比這更大的愛了！」這是耶穌親口所說的話，這些小飛官，不啻是這句話的活見證！然而我們當中有幾個人知道自己承受了這麼大的愛和恩典？我個人是在渾渾噩噩地活了二十年之後才被白先勇的小說驚醒，才知道我們學貓王、迷披頭、蒐集亞蘭德倫照片的同時，正有這麼多無名英雄，壯烈地、無悔地死在完全沒有掌聲的地方！不但他們的照片沒人蒐集，甚至他們的骨灰都無法搜求！壯士一去兮不復返！回想我們青春時代的種種夢幻，竟是在這些無名英雄，青年烈士的庇護下進行的，我感到慚愧、虧欠！並且納悶，何以上天要留下我們而帶走他們？

二十年後已近中年的我，在充滿雜音與噪音、辱罵與攻訐、謠言與耳語的競選氣氛下，忽然看見三十三年前犧牲在廣東恩平縣上空的十四位空軍「蝙蝠中隊」的烈士的遺骨終於以軍禮護送返臺，看見遺族家屬們慟不欲生的場面，以及禮兵覆蓋國旗的莊嚴儀式，我的感觸是無比的深沉，感動是無比的激烈！我，並不認識他們當中的任何一個，但我知道沒有他們這些烈士的犧牲奉獻就沒有今天的我！也沒有今天在我四周的這一切——包括了震耳欲聾的競選聲，包括了他們的耳語和辱罵、宣傳單和流水席，包括了他們種種能夠兌現和不能兌現的謊言。也包括了一切打壓的動作、暴力的動作、按鈴的動作和紛紛擾擾的賄選傳聞！更包括了一切不認民族、不認國家、不認同胞的煽動性談話……能不能，在大選的那一天，我們所有的選舉人和被選舉人大家不分省籍、不分黨派、不分政見一律默哀一分鐘，想想在我們爭名奪利各使花招的同時，這十四位壯士的英靈是如何地越過千山萬水回來看我們了！是如何殷殷盼望他們的粉身碎骨能換來我們的團結和諧！不管我們看沒看見，我們的選票上實在沾著他們的血，我們用手投票的地方，他們卻義無反顧的投下了無價的青春和生命——爲這塊土地上他們熱愛的同胞——而這裡面並沒有黨派和省籍的區別。

四十多年來，有多少無名英雄爲了這塊土地默默犧牲我們並不知道，我們尤其不了解他們的親友家人所承受的痛苦和破碎！在這十四位殉職人員家屬的痛哭聲中，我想起前不久曾經拜讀小民女士的一篇文章，寫她的弟弟當年空難殉國的往事，從此這位純潔正直的好青年，在我心裡留下了不朽的烙印。最令人難忘的是他的母親，在兒子死後，經常一個人跑到田裡去大聲哭號：「孩子！你不再回來看媽媽了嗎？」這是上帝聞之也要掉淚的哀聲吧！四十年來家國、三千里地山河，原來是靠多少碎心人的碎心事才寫出今天的這點成績！

對於這些無名英雄，這些一去不返的壯士，我常興起欲報無由的感慨，但這些朋友並沒有白死去，他們英烈的事蹟時時激動我，讓我不敢悲觀、不敢消沉、不敢感傷。總要奮發，總要振作，總要樂觀進取，總要在人群裡做一個積極向上、向前推動的力量，總要努力起一個鼓舞人心的正面作用！凡事相信、凡事包容、凡事盼望……直到有一天在天上見面時，我能緊握著他們的手說：「兄弟，我總算不曾辜負了你們慷慨的死！」

一九九二・十二・十八・〈青年副刊〉

沒有三毛的追思禮拜

近年來最轟動的文壇大事，大概就屬三毛的自盡事件了。由於她是極富群衆魅力的作家，也曾一度是受洗歸主的基督徒，因此她的死不但震驚了社會，同時也震驚了教會。她死後家人有意爲她辦一堂追思禮拜，但許多教友反對，怕爲教會作了反宣傳而作罷。結果三毛身後成了個聖俗兩界都不能「歸檔」的遊魂，實在令人感慨。

我個人和三毛並不相熟，只有在編《聯合文學》的時候見過一面。當時她的書不但在臺灣搶手，甚至已經登陸彼岸，極受大陸讀者的歡迎。因此我跟她開玩笑說：「三民主義還沒有統一中國，你的三毛主義已經征服兩岸了！」她聽了很開心，不但立刻答應寫稿，並且很快談起她的內心生活——也就是通靈的經驗。並且說，她有個學生不贊成她搞通靈，勸她讀一本《女巫歸主記》，把她當作女巫看待了！事實上她早已受洗，用不著再「女巫歸主」了，言罷大笑。我當時感受她是一個很灑脫的女子，但也感受到她身上有一個陰陰的氣氛，確乎是在通靈術裡陷得很深了。

淺交不宜深談，初次見面自不便坐而論道，但此後再沒有機會與她相談了，我感覺中不但失去了一個文學上的朋友，也失去了一個信仰上的朋友，這朋友假以時日也許可以挽回的？因此當她死訊傳來，我感受到雙重的失落，也感到很深的歉咎。原來我很有意組織一個寫作團契，把基督徒甚至天主徒作家結合起來，定期聚會，彼此關懷，共同服事，然而因爲種種因素而擱置下來，終於不了了之。我想，如果這個團契組織起來了，也發揮了應有的功能，能夠給作家一個心靈的歸宿、一個信仰的避風港，或許可以挽回像三毛這樣的悲劇？而挽回一個三毛，不啻挽回一個重大的見證，這個見證可以挽回更多迷失的靈魂，說不定像日本的三浦綾子一樣，幫助無數的人找到生命的意義……

現在說這些固然都遲了，除了帶著懺悔的心情希望亡羊補牢、將功補過之外，更痛感世俗的名利不能止心靈的饑渴，她的「三毛主義」可以征服海峽兩岸，卻不能塡滿生命的空虛。另一方面也覺得教會在關懷上做得太不夠，沒有能夠拿出愛神的精神來愛人，看重傳教工作超過了被傳教的人本身，這種重事不重人的功利作風，把最主要的「人」給忽略掉了。而傳教工作的本身也變成了像運動會、像製造業、像遠洋捕魚，生動熱烈、應有盡有，唯獨沒有人味！沒有人味是西方社會和西方教會共同的毛病，也是它們留不住人的癥結所在，臺灣教會把這西方的文明病也接收過來，當然也留不住人——能漏掉三毛這樣一條大魚，足證我們的教會對中國文化和西方文化太不夠知己知彼，太「不省人事」了！

教會不能挽回三毛於生前，又不願追思她於死後，固然是怕形成錯覺、造成誤導。但我以為，教會正該把握這一機會，公開反對自殺、闡揚生命的神聖。同時也公開作一個懺悔，懺悔我們的虧欠、我們的不省人事、我們的重事不重人、我們屬靈的功利主義、我們自以為義的不近人情……

三毛的死在於她一生都在追求其實並不存在的「地平線」，同樣的問題也出在許多教會裡面，但願三毛的死能讓大家看出這一點。

鐵骨仙姿一恩師

——兼記高佩文女士個人展

每個人一生的緣分都不一樣，有的雙親緣特別好，有的夫妻緣特別好，有的朋友緣特別好，當然，也有所謂「命犯桃花」的——異性緣特別好。至於我，回顧過去的四十年，除了命缺「桃花」令人「遺憾」以外，與人的緣分大體上都還過得去。但其中最值得一提的，應該是我的「師生緣」比一般人似乎要特別好些呢！

從五歲入幼稚園到修完博士，我花在求學上的時間一共是三十年！整整三十年裡自然是閱「師」無數！這一代能叫出名號來的大師我大約都見識過了——或親炙、或私淑，或讀其書想見其爲人——三十年來，我可說是「名師滿天下」！也許是我自小生性比較「乖」吧？或許比較用功愛唸書，自小學起就討老師喜歡，家裡各式獎狀獎章一捲一捲、一綑一綑的，陳陳堆積竟像人家打包待賣的舊報紙似的。從這些早已泛了黃的獎狀堆裡，就可以證明師長對我的器重與擡愛——眞不是「蓋」的！

老師愛我，我也愛老師，上學對我，是無比甜美的回憶！如今年逾不惑還賴在校園裡不肯出來，百年後甚至還準備就以校園爲墓園了——正是這分「甜美」的回憶所賜。而，在這麼多甜美的回憶裡面，最甜美的倒不是令人羡慕的大學或研究所生涯，當然也不是懵懵懂懂的小學、幼稚園歲月，而正是不上不下，不老不嫩的高中時代那一段日子！其所以特別「甜美」，固然與情竇初開、「滿園春色」有關，但現在比較成熟後回想起來，不一定最甜，卻是很美的，應該是我在高中時遇見了好幾位最好的啓蒙老師和最有愛心的恩師，留下了最美好的記憶！

我高中唸的是臺北士林中學（卽現在的中正高中），由於是該校第一屆高中班，各方面都比較受重視。老師，自然也是全校最好的老師，現在負責「志文」出版社編務的曹永洋先生教過我國文，名教育家邵夢蘭先生是我們的老校長！而我們這一班大孩子們心中的「最愛」，則是我們的導師——高佩文女士，直到現在，我們這夥老學生都已四十開外的人了，見了面竟還是稱呼她「高媽媽」，由此就可知她的「魅力」之一斑了！

高媽媽教我們時也不過是四十邊緣的人，並不像過去號稱「鵝媽媽」的趙麗蓮女士那麼老。不，有道是「女人四十一枝花」，高媽媽教我們的時候，正是花枝怒放，儀態萬千的大好年華！身爲作家，最有審美眼光的曹永洋先生就時常人前人後地讚嘆高媽媽的容貌、氣質與風度。高媽媽，東北人，典型的北國兒女——艷如桃李、冷若冰霜——冷艷中滿有凜然之威儀，矜持中時露剛烈之氣概，可以說頗有燕趙男兒之風！最難得是她眉宇間很有一股英爽的俠氣，而方寸間卻滿是溫煦的柔情——正是這一份無私忘我，犧牲奉獻，視學生如已出，一枝蠟燭兩頭燃燒的偉大愛心，照亮了我們、溫暖了我們、感化了我們、「征服」了我們！讓我們這群半大不小、自以爲是，桀驁不馴、冥頑不靈的大男生心甘情願地喊她一聲「高媽媽」！

高媽媽自已有三個男孩子，相夫教子已經夠忙夠累，但身爲導師，卻是起早趕晚，「夙夜匪懈」！逢有活動則更是無役不與，「爲民前鋒」！其敬業負責的精神，在今天教育界殆已成爲絕響！大禹治水，三過其門而不入，高老師「治」我們，其忘我無私的精神也不多讓！更可感的是，她不但時時與我們「長相左右」，情如護雛，她更關懷每一個同學的家庭狀況和個人內心的難處苦處，不厭其煩地給予輔導和幫助，那種發自內心的同情、關愛，和體恤，那種維護學生，不畏強權的正義感和包容曲諒、恆久忍耐的無限愛心，在在令人念之動容！在在令人臨風懷想不能或忘！所謂「春風化雨」、「頑石點頭」，世上眞有這樣的事！我從高媽媽對學生無微不至的點點滴滴中，完全見證了世上眞有像南丁格爾和海倫凱勒之恩師蘇麗文女士那樣愛人如己，情深義重而又堅苦卓絕、鞠躬盡瘁之優美情操！

也許正由於這份至情至性的優美品格，老師退休後「忽然」學起畫來了！十五年間，已是朱紫爛然、彩霞滿天！在三位公子搶著要接母親赴美定居的前夕，由我們這批老學生慫恿她開了一次個展。老實說現場五十幅畫作我件件都愛，以無奈窮秀才心餘力絀，遍視全場我特別訂下了一幅山水畫「白雲深處」——唐宰相狄仁傑望白雲而思雙親，而我則望白雲而思恩師。不羨紫藤繁華，不慕牡丹富貴，只愛白雲深處，有我恩師藹藹不盡的無限春暉……

一九九三・五・七・〈青年副刊〉

追風少年行

——早期寫作生活的回顧

在一個比較正常的社會中，任何一個正常人在他的一生裡，應該都經歷過一個「詩的時期」，這個時期往往出現在青春期，也就是自我意識剛剛萌發綻放的那一段時間，像大夢初醒的人——向外，他看見世界，向內——他發現自己；在這曙光乍露的破曉時分——世界是一片清新、神奇，如初造成的一般。返觀自我，也像剛剛脫離造物手掌的一個神蹟，也是一般的清新、神奇，充滿種種的可能。在僅一窗之隔的外面大世界裡，像有千萬個聲音在呼喚著他，要他去經歷種種、開創種種、挑戰種種、完成種種、實現種種……廣大無垠的天邊，彷彿已爲他備好一部太陽車，要他去做太陽神的小見習生，去向無邊的宇宙散放無量的光明。

凡人當中，能夠恆久保持這一段「詩的時期」在內心深處的人，在日後大多都能成爲某一種型態的「詩人」。此所謂「詩人」，不一定是動筆寫詩、吟風弄月的人，而是能夠永保其對生命之敬虔感、對世界之驚奇感，和對萬事萬物之新鮮感與神祕感的一種人。視其境遇的好壞不同，他們在成長的歲月中或成爲科學家、思想家、發明家、事業家、藝術家、音樂家、文學家，或大有遠見的政治家。他們給這世界投上了一些新的光線，帶來一些新的突破，開拓一些新的境界——這些人，就是廣義的詩人了！

出生在一個暫時遠離了戰爭與逃難的過渡時代裡，成長在一個正由傳統轉向現代的蓬勃社會中，我有幸在一個相對穩定成長的環境中度過青少年時代，這使我也能夠經歷許多上一代人所不能經歷的「詩的時期」。更由於上一代中國傳統父母對晚輩的呵護珍惜，使得這一段詩意的時期居然維持了十分長久——這，是我比很多人幸運的地方！父母的辛勞護育和百般容忍，使我能賴在「太陽車」上做了很久很久的小見習生，使我始終能以創造性的眼光，來觀照這廣大世界的林林總總！並始終不懈地，樂於將這創造性的眼光與四周的人分享……

偶爾閉目沉思，感覺青少年時代似乎已經遙不可及了——至少有二十年了吧！論到高中那段時間，更不止二十年了！往事的許多細節已不能辨析，但是作爲「詩的時期」的整體，那一段時間分明是黃金時代——太陽車上小試身手的時代對於我，是永遠不能忘卻的大好時光！回想剛剛離開青澀初中時代的我，心中是如何充滿了對音樂和對詩歌的愛！初中時讀過的徐志摩、聽過的莫札特，已經把我塑成了一個「文藝少年」，滿心嚮往繆斯國度裡的奇花異草，一心想馳騁天馬遨遊天鄉。泰戈爾、王爾德、拜倫、雪萊、濟慈……這些或神祕或浪漫的詩人，爲我搭起一座垂天之虹，要直向塵世之外，去尋找沒有渣滓的水晶宮。低徊在唯美世界裡的一個慘綠少年，正是二十多年前我淡淡的身影……

永不能忘記初讀雪萊〈雲雀頌〉時的狂喜，彷彿自己也化作了一片光明雨，揮灑在嘹亮的天邊。永不能忘記初讀濟慈〈夜鶯頌〉時的哀愁，彷彿自己的一縷幽魂也散入了花香迷離的深林，隨著夜鶯的歌聲一去不返……。拜倫的〈哀希臘〉，令我引吭高歌，大作其少年英雄之夢！王爾德的〈快樂王子〉，卻又使我自失於天上人間的巨大落差之中。我的心曾隨泰戈爾的〈漂鳥〉遠逸，久久找不到停泊的地方……。

六〇年代的臺灣，還沒有完全工商化的臺北，仍然有幾分浪漫田園風。當時文壇盛行鄭愁予、葉珊、瘂弦、林泠、方思、夐虹、藍菱、周夢蝶他們的詩，於是乎，他們的詩集子遂成了我們的枕中書，即使在夢中也聽見達達的馬蹄，也看見青色的流水、四方的城，也發現了深淵和還魂草。從他們清新的筆下，我學到一種新的感性，比起雪萊、濟慈他們，自然更能表達這個時代的感覺，從他們我學會一種新的語言，比王爾德、泰戈爾他們，更能表達這個時代的心聲。而主要是那一種空靈的觀照法，豁落的展技法，使我永遠能從新的角度出發，不拘一格地去體世觀物、抒情言志。

中學時代，除了校刊之外，也嘗試在《幼獅文藝》、〈聯合副刊〉上投稿了。那時寫作的人口比現在少得多，用心寫的稿子往往都能如期登出來，想想還穿著卡其布制服的我們，居然能夠和〈夢土上〉、〈孤獨國〉裡的大詩人「同臺演出」，那是多麼大的鼓舞！而二十多年前的大報副刊仍是絕大多數人的精神食糧，一文刊出，立有迴響，遠近親疏，咸來致賀，這份喜氣也不是今人所能想見的！大體上那仍是個人文社會，對作家詩人是尚知禮遇的，寫作是有尊嚴的事，編寫之間是有人味兒的、人性化的關係。在這種種良好條件下，少年的我遂一鼓作氣地寫出了詩歌、散文、小說等各類作品。今天看了大多不夠成熟，可置一笑，但無形中也爲時代、爲社會、爲自己留下了一道成長的軌迹。

由於過度執著於創作，我的學校成績總不能如意，聯考升學之不順，是前半生揮之不去的夢魘。我讀過許多學校，卻不能在任何一個「母校」紮根，實在是我爲創作付出太多的代價所致。年屆不惑的我有時不免撫今追昔，反問自己，得失之間究竟有無可悔？幾經思量，終是不悔！是鳥就要飛，不必紮根！是水就要流，不必依迴！是雲就要出岫，不必戀棧！是御日的童子，就要昂首向前，不必徘徊流連！永遠在突破，永遠在出發，永遠在開創，永遠在超越，永遠在成長，卻又永遠都年輕，永遠不知老——天地是我的母校，造化是我的老師，宇宙人生是我寫不完的材料，歷史永恆是我不朽的見證。一筆在手，與神同遊！與亙古長在者同在，與日新又新者日新，與生生不息者重生——行健不息、精進不已、俯仰古今、出入無窮，這駕日御風的種種樂趣，早已超越世間的種種得失！

一九九二・二・《幼獅文藝》

伴我成長路

放眼是一片空曠的大操場，朔風凛冽、霧氣蒼茫，鐵灰色的天空下，只見暗紅的跑道，迤邐蜿蜒直到天邊，但偌大的運動場上卻空無一人。天高地迥，四野蕭條，恍兮忽兮、寂兮寥兮中，只有我一個人在圍繞著操場兀自奔跑著，迎著颸風、衝著迷霧，地平線上孑然一身，那是長跑選手和他的孤獨在無止境地進行著形影的競走……

不知跑了多久，忽然眼前出現一人，從背影不能看清他的面目，在無路可走時，這人適時出現帶領了我艱難的一程，當我就要趕上他時，這人的背影驀地消失了，偌大的操場上仍是我一人在跑。不知跑了多久，突然眼前又出現一人，仍是背影不見眞面，又在我迷失方向時領我一程，待我追上前去，那人卻又消逝得無影無踪……就這樣，每跑一段路，就有一個背影出現領路，領我出了迷霧，卻又消逝無踪。千山萬水都這樣忽隱忽現地過去了，百丈懸崖也一一擦身而過了，就這樣有驚無險、危而不殆地不知跑了多久，太多的背影從眼前晃過又消失，待我終於忍不住要高聲大叫呼喚他們的時候，只聽晨鷄報曉，竟是南柯一夢。我推枕坐起，回味夢境，不覺陷人沉思之中……

操場、跑道、無盡的天涯路，這不就是人生的寫照嚒？群山萬壑、峭壁懸崖，生死之際間不容髮，這不就是人生之險巇嗎？人，誠然是孤獨的，但每當他一個人度不過難關的時候，也總有人適時出現爲他領路、拉他一把、帶他一程，這些忽隱忽現的背影，就是我生平的無數恩人了……在夢中我雖弄不清他們的面孔，但我清楚知道，他們就是上帝、我的父母、親人、師友、長官，甚至古人和許多暗中相助，而我卻不認識的陌生人了……在漫長的人生旅途上，他們各自帶過我一程，缺了任何一個，我的生命就要改寫，甚至跑不下去了。對他們，我除了感恩，實在無話可說。而今他們當中老的老、死的死，存在的也飄散四方，少有音訊。所謂「人生無根蒂，飄如陌上塵」，他們來如影、去如風，適時而至，事成則往，不疾不徐，恰到好處，造化的佈置，上帝的安排，雖鬼使神差不足以喻其奇妙，而感激敬畏、赤子孺慕之忱乃無時或已而與時俱增。

胡適有一首小詩我最喜歡，其中有兩句說：「清夜每自思，此身非吾有：一半屬父母、一半屬朋友，便即此一念，足鞭策吾後！」（〈朋友篇〉），我認爲他比蘇東坡的「常恨此身非吾有，何時忘卻營營」要境界高得多、人品敦厚得多，意態也雄健積極得多。啓予手啓予足，身體髮膚哪一寸不來自上帝、先人與父母？生活所資、前程所繫哪一樣不靠朋友師長接濟？還有那些我們永不會相識的芸芸眾生。我們全身心性命，實在是屬別人的多，屬自己的少哪！因此清夜自思，當知身非我有，回顧生平，就是在數算恩典，瞻望來茲，亦就是報恩報德而已！人要看到自己原來一無所有，他的生命才能開始步入眞實……

夢的跑道上，領路的背影太多了，實在不能一一縷述，僅能就記憶之所及，略述其要。我是民國三十八年夏天，躲在媽媽肚子裡跟著一條破船「乘風破浪」（其實是爲風所乘、爲浪所破），跨海來臺的小難民。整個時代是海立山飛、天翻地覆，我在母親的肚子裡卻是清風徐來、水波不驚，這種幸運，試問幾人能夠？母親一下船就生了我，在雨港基隆的一家小客棧裡，雖然簡陋寒傖，比起耶穌的馬槽，可還是「考究」得多，此幸運二也。父親剛強不信神，卻爲我催生而做了平生僅有的禱告，無意間使我日後成爲一個禱告的人，與神結了不解之緣，此幸運三也！我生時雖無三王來朝，據聞卻有異香滿室，使天資駑鈍、遜於常人的我居然自幼信心十足屢敗屢戰，此又幸運之四也！故國沉淪、異鄉淒苦，但身爲長子，視同掌珠，卻得到父母完全的愛與呵護，至今我除了燒一壺開水外，家事一概不會，實在「得力」於小時受寵太多之故，此幸運之五。既是長子，不免被當作龍鳳期許，嚴管勤教，挨了不少「當頭棒喝」，吃了不少親切耳光，卻也鑄成我處變不驚、莊敬自強的性格。這對我日後克服崎嶇是大有用的，這是幸運之六。父親身爲公務員，家境絕不寬裕，但他卻有中國傳統重視家教的觀念，母親全力配合全時間顧家，使我不必像現代娃娃，早八晚五去保母家報到，甚至一個禮拜才「省親一次」，而能整天和母親守在一起，自然不致學壞變怪。體格雖並不算高大，人格發展倒還健全，我不但比古今中外的孤兒養女幸運得太多，就是比現在那些要到保母家去「上班打卡」的娃娃們也幸運得太多了！母親的細心與慈愛，給了我最好的感情教育，母親的含辛茹苦，捨己爲家，使我從小對「克己復禮」、「盡己爲人」有了極深刻的啓蒙作用，耶穌說「一粒麥子不死，永遠只是一粒，若埋在土裡死了，卻能結出千萬顆子粒來」！我自幼從母親身上看見「一粒麥子」的芳表，而懂了要爲別人而活的道理。平生記憶中最美最難忘的鏡頭不是考場得意、文場告捷，也不是任何名聞與頭銜，而是才兩三歲的我，在大雜院裡騎小腳踏車，母親在一旁忙家事，忽聽外邊來了叫賣米糕的聲音，我總是「飛騎」而出，一買兩個，一個自己吃，一個給媽媽，如是者經年，是我生平最甜蜜溫馨的一段往事。鄭板橋晚年回憶他的乳娘時，有詩謂：「食祿千萬鍾，不如餅在手」，一餅在手勝過食祿萬鍾，這意境我能體會。世界之大，若有任何我不願換不願給的東西，就是當年和母親分食的那一塊糕……

民國四十年前後，大家生活都苦，我們搬來臺北後，兩度住過大雜院，「生活品質」完全談不上，但是大家夥的「生命品質」卻比現在好很多。大雜院裡有人情味，竹籬笆外有小春天。鄰里街坊守望相助，親戚朋友時常來往，大家手頭不方便，但是彼此接濟、互通有無，儼有古風！我的學費、弟妹的用度，常是長輩們湊齊的，其實他們也都是逃難來的軍警人員，泥菩薩過河還能解衣衣人，推食食人，愛護後輩超過自己，這一份精神絕對是推動臺灣進步發展的內在動力之一，任何寫臺灣史、民國史的人都不可忽略這一點。我們那時候也沒有臺不臺獨的問題，印象中本省的老前輩比大陸來的還要保有淳厚的古風，幼小的我常被抱去他們家裡吃飯吃拜拜，一點省籍的隔閡都沒有！如今聽到「臺獨」感受複雜，正因爲它和兒時經驗格格不入。中國人自古不能團結，老天特要我們擠到這個小島上來學習團結，眞是用心良苦，這個功課若學不會，莫說復國無望，就是保臺都不可能！

三十多年前此間還不時興節育，家家孩子都多，我家一共有四個弟妹，一同擠在窄小的公家宿舍裡，「雞兎同籠」，倒也其樂融融。生長患難中，人的適應力也強，環境儘管吵鬧，在我聽來卻是「熱鬧」，一點不影響唸書。父親雅愛平劇，經常是文武兩班、歌吹沸天，一片甘蔗板之隔，全不礙我燈下讀書之樂！眞是「唱作由他唱作，好書我自讀之」。上天所賦予的這份「定力」，使我日後不論在哪裡都能安心讀書，眞是造次必於是、顚沛必於是，又豈止是枕上、馬上、厠上而已！我們家境雖不好，父親卻是好讀書、重教育的人。他從小教我們唸《論語》，風簷展書、燈下課子，其影響之深遠僅次於成年以後讀《聖經》，但若沒有幼時《論語》的底子，難保日後不變成一個數典忘祖的「基督徒」。

我們一家四弟妹，「命運」與我大不相同，雖是一母所出，但嚴管嚴教，實施「軍管」的唯我一人。大弟自小患氣喘，一喘一夜不能睡，全身蜷曲，狀極可憫，父母自然手軟打不下去了。妹妹是家中唯一女生，自然寶貝，也不打了。小弟是么兒，寵之不及，更焉用打？結果挨打的就我一個——這又是一大幸運！我至今相信愛與罰乃一體兩面，糖與棍子不可缺一，幼時受過對付的馬容易上鞍，任重致遠，要皆得力於夜草與馬鞭！父嚴母慈的禮教典型很明顯烙印在我身上，愛到含蓄處如水深無聲，反令人感覺不出來了。我們兄弟相似的地方不多，但我永遠記得，弟弟犯喘時我騎著單車送他去就診時，那一路的焦慮與風寒……有一回才七、八歲的弟弟因喘病住院，臨別見他穿著小睡衣，臉上掛著淒然無助的笑，一個人孤零零地趴在窗口看樓下流水——那個簡陋的小醫院，那個不知何時才能病好的小弟弟，遂在我漸行漸遠的頻頻回首中，逐漸模糊了……

我自小好唸書，弟弟自小較務實，撈水漂養鵝、揀廢鐵、耘菜圃，居然頗能換些零花錢。當時駐臺美軍沒事喝醉了酒就往樓下拋擲銅錢，引來一大群中國孩子滿地爭搶，看在我們眼中眞不是滋味！當年只有外國人寶馬香車，風馳電掣，三十年後，換成臺灣錢淹腳目，滿街進口車都是中國人在開了。回想當初撈水漂、撿廢鐵、瞪眼看老美亂扔錢，今昔相比，何勝滄桑！其實從弟弟頂著太陽彎著腰忍著喘，一邊擦汗一邊撿廢鐵、撈水漂的身影中，很可以看出臺灣四十年來經濟是怎樣發展起來的，社會是怎樣繁榮起來的，我深願我們的下一代能記取往事，不要夢想做不勞而獲的小騷包。

俗云：「一枝草一點露、一塊瓦一片天」，我雖生來不務實。卻貞的十有五就志於學了！愛書的天性，好寫若長成，父親雖整日忙於公務，暇時卻不廢讀書，因此家裡藏書頗富，什麼《胡適文存》、《吾國與吾民》、《富蘭克林自傳》、《霍桑人面石》、《約翰克里斯朵夫》、《戰爭與和平》等煌煌名著，我小學畢業以前都翻遍了，雖似懂非懂，卻津津有味。還有大堆大堆的雜誌，如：《拾穗》、《今日世界》、《野風》、《文星》、《生活》、《展望》等等，我也一期都不放過地生吞活剝了下去。除此之外家裡也還有數不清的山水、字畫，父親自己也寫也畫，摹誰像誰，戲評劇本樣樣來，沒事與母親淺斟低唱，與叔伯鼓瑟吹笙，文武崑亂、生旦淨丑，這樣富於文藝氣氛的環境，決定了我日後學文的方向。我愛國故也愛洋務、愛研究也愛寫作，崇尚學術僧侶的苦節，又雅好笙歌院落的熱鬧，喜獨自神遊邃古，卻又不能忘情於時事，這種種矛盾的辯證發展遂成爲今日之我。如今回想，我感謝有一位風雅好學的父親，若非他在前領路，日後的我還不知走向哪裡去，變成什麼樣。

不過，我雖好學，求學過程並不十分順遂，文科雖好，數學死爛，至今夢見考數學，仍嚇出一身冷汗。直到上大學以後完全擺脫數學，噩夢才算過去。在臺大讀中文系是我一生的轉捩點。臺大學風自由，有北大之風，同學越系來往，眞能開拓眼界。雖然身在中文系，倒交了不少外文、歷史和哲學系，以及考古人類學系，甚至學理工，和醫學院的朋友，大家高談闊論，「科際整合」，互相攻錯，自然打破了井蛙的局限，解放了三家村的「小腳」。我小時在家裡已經是中西「兼愛」了，到此更是百川會海，五岳朝元，古今中外、義理詞章在我都沒有什麼壁壘可言，眞如保羅所說「凡事包容，凡事相信，凡事盼望」，凡是人心裡想的，筆下寫的我都有興趣，興趣太廣不免泛濫無歸，但對於日後寫作、寫社論、寫方塊、寫專欄、編書、編雜誌等卻大有助益。事實上就是作學術研究，若缺乏豐富的「支援意識」，其格局必定不廣，其蘊涵必定不深，其融攝性和獨創性也必受限制。我一直相信創作與研究是不相妨礙反相輔相成的，傳統讀書人考據義理詞章樣樣要通，因此歐陽修始終是我心儀的典型。近人如胡適也說「爲學當如金字塔，要能博大要能高」，鵬搏九萬，水擊三千，若不培風積力，焉能變化飛騰？

在臺大那許多年是我知識上的啓蒙期，河伯入海，眼界大開，而逸興遄飛、意氣風發了！臺大繼承北大，同學間頗有登車攬轡、澄清天下之志。先憂後樂，大濟蒼生之志時常鼓盪在胸間，雖不切實際，卻也迂闊可愛。還記得當時有詩言志云：「大鵬大鵬，橫絕太空，有懷而來，欲濟蒼生。蒼生不受，反譏其陋，鵬也不改，以遨以遊！」少年意氣，揮斥方遒，青春跌宕，無悔無尤！雖說太「超現實」了點，但比起時下一味往號子裡鑽的青年朋友，我們當年的「超現實」比起他們的「太現實」，恐怕比較富於人味與美感？

我在大學畢業去當兵的時候，母親心臟病發，忽然過世了。這位「一粒麥子」型的慈母，領我走了二十五年人生路，終於撒手人寰，一逝不返了！但不論在心裡、在夢中，在沉思的時刻裡，這位把我帶到世界上來的人，卻永遠在我生之跑道上，瞻之在前，忽焉在後，仰之彌高，鑽之彌深。她慈祥的影子永遠引領我，時時提醒我要向前、向上……退役後我考上研究所，所長徐可熛先生學貫中西，很鼓勵我在比較文學方面求發展，他老人家的恩遇，我永不能忘。可惜他的志趣在生前不獲施展，他過世後我仍夢見他以著述之事相囑，談笑藹然，叮囑殷殷，關愛之情一如平生，覺來不禁赧然悵然，憑我，拿什麼來報答他的期許與深恩？若非他老人家領路，我今天不知人在哪裡？但這位風神灑落的領路人，也颯然而來，飄然而往了，人生的跑道仍自悠長……

從中文系改唸外文研究所，不少同學深感訝異，其實以我早歲讀書之雜、興趣之廣，「改行」一點也不奇怪。在我心裡，古今中外本來無別，太史公謂「究天人之際，通古今之變，成一家之言」一直是我的目標和理想。從外研所再回中文博士班更是順理成章。雖過程曲折，但實在是「天公疼憨人」！猶記王夢鷗老師親自帶領我，羅宗濤老師始終呵護我的種種情景，閉眼歷歷如昨。如今化南新村已拆，舊時樓臺夷爲平地，撫今追昔，何勝感慨！他們是在我求學過程中領我衝過最後一關的人，瞻望邈難逮，回首何依依！現在跑道上又剩下我一人了……

四十年！我何幸而能生在這近代中國史上轉折最大，也最安定最富足的一段黃金歲月，我何幸能有這麼多愛護我包容我鼓勵我的領路人！多少次九死一生，而終能化險爲夷，眞使我興起「我生不有命在天」之嘆！這使我不敢忘記從前，那個患難的時代，以及患難中相助的人。我們這一代生活不再克難了，但我寫作始終使用一張破舊簡陋的摺疊式的書桌（其實就是四〇年代的飯桌），以示永不忘記那個逃難的大時代！四十年生聚教訓，如今朱實離離，但我對自己並沒有什麼「成功」的感覺，蓋士只有成不成仁的問題，沒有成不成功的問題。我認爲父親比我成功，他赤手空拳跨海而來，養活一家多口，至少個個都還能走正路，這就不平凡，他被埋沒的才華，我更比不上。我的母親爲家犧牲奉獻，其基督精神遠超過我這個基督徒！其他的長輩，艱苦卓絕推衣解食，愛心義德都比我大！我深信在上帝眼中，看我們之所「是」重於我們之所「有」，看我們能「給」多少遠過於我們能「拿」多少，果眞如此，靠著他們的老根老幹而開花結果的新枝新葉，又有什麼可以自矜、可以驕人的呢？

感謝四十年來每一個領路的背影，誠願上帝再賜給我另一個四十年，讓我也能爲後人領路，終身做一個不露臉的背影，聊以爲報……

一九九〇・二・七・〈中央副刊〉

相思不盡紅杏花

——寫給我最愛的母校士林中學

「四時最好是三月，一去不回惟少年」，晚唐詩人韓偓這兩句詩是許多中國讀書人所心愛的。只是，當人們領悟到這首詩的可愛時，卻往往是在已經遠離了少年時代，驀然發現生命裡的春三月已悄然逝去，杏花春雨裡一切期待過的容顏也已不復開落的時候……

回想初進母校的種種——那，竟然是整整三十年前的往事了，至今感覺仍像春三月一般的細嫩美好！儘管寶島四時並沒有杏花春雨，臺北近郊也不見鶯飛草長，但當時的士林，確實是個風光明媚的好地方」——陽明山的山色永遠在淡靄清嵐裡迎人欲醉，往天母方向去的大路上更是一大片沒遮攔的綠野平疇。風吹、草動、雲影歷歷，空氣清新得令人捨不得呼吸。從「象賢館」二樓（那時也只有二樓）憑窗眺望，遠山近水，縈青繚白，令人爲之悠然意遠！在這一片靈山秀水的薰陶下，天真未鑿的我們，在氣質上已經先得到大自然最清新的洗禮，眞可謂得天獨厚！

「我很幸運的是本校高中部第一屆入學生，當時還是在士林初中裡試辦的實驗性質的高中——全校只有這一班！由此，特別得到師長的重視和愛護。當時是邵夢蘭先生擔任校長，她的規矩雖嚴，人雖「酷」，但對我們卻是寵愛有加！我們跟著她讀四書、讀〈曾文正公家書〉，也學英語會話和傳統書法，至今回想，眞是受益不淺——儘管當時叫苦連天，現在想來卻是至爲難得的福分！

擔任我們導師的是高佩文女士——我們都稱呼她「高媽媽」，足見她是多麼得人心的一位好老師！她對同學的關懷、呵護，絕不下於一個母親對孩子所做的，處處令人難忘處處令人感動！她教過我們國文、三民主義，但最主要的還是她那春暉普照春雨潤物一般的愛心，讓我們這群大孩子心悅誠服，刻骨銘心！「高媽媽」這稱號一直沿用到她離開本校以後爲止。至今我們都四十開外的人了，見面時仍喊一聲「高媽媽」！這三個字的親切稱謂裡，有三十年歲月都抹不去的甜美回憶！

另外，我也上過曹永洋先生的國文課，他是士林名門士紳之後，家學淵源，中外文都好！尤其關心現代文學的發展。從他那兒我才接觸到當時最「前衞」的文學刊物：《文學季刊》、《筆匯》、《現代文學》，乃至於如《藍星》、《創世紀》等一些同仁詩刊和詩集。

從他那兒我認識了現代文學、現代電影、現代藝術……使我從「前現代」跨入「現代」，並且鼓勵指導我寫作投稿——眞是我的啓蒙恩師！

如今，邵校長、高媽媽、曹老師都先後退休了，這些名字在今天同學的耳中恐怕已如風雨漫漶的上古史，但是對於我們，卻是永不褪色的紀念碑。他們的音容笑貌，教誨叮嚀，在我們內心深處，有著比杏花春雨更令人爲之低徊不去的美麗顏色。三十年，士林已非往昔風貌，舊日校園也早已拆遷不見，撫今追昔，何勝傷懷！在所有讀過的大小學校裡，士林曾是我的最愛，今是我的最愛，也永遠是我的最愛！我遺失在這裡的春三月，年年開著相思的紅杏花……

今值母校三十週年，千言萬語一時不知從何說起。最高興的是知道母校居然還沒有把我忘記！能以一種溫馨的方式長活在故人心底，人間沒有比這更幸福的事了！沉浸在這一片被愛著的幸福之感裡，我拿什麼來回報來祝福母校的三十歲生日？只有壓抑著激動的心，鄭重地感激地，且不免乎笨拙地再說一聲：

母校，我永遠愛你！

或河或星或夜晚

——一個臺北佬憶老臺北

舊曆年前，我接受一家電臺訪問，主持的小姐要我談一談臺北印象。我是四十年的「老臺北」，眞可說是生於斯，長於斯，也行將老於斯，並且是絕對樂於死於斯的臺北人！因此我自然感覺著臺北的可親可愛、可尊可敬。不爲別的，就爲這四十年晨斯夕斯少斯老斯的深切情誼，我與臺北，早已成了「血肉相連」的「生命共同體」了！

然而，當我道出對臺北的熱愛與禮讚時，主持訪談的小姐卻大吃一驚，彷彿異教徒聽到了教堂裡的讚美詩一般，又彷彿基督徒看見異教徒跪拜偶像一般：「不會吧！」她喃喃地囁嚅著：「臺北眞有那麼可愛嗎？我訪問過的人士裡面，就沒有一個說臺北好的，大家都說臺北髒、臺北亂、臺北空氣糟，汚染最嚴重，開車又恐怖，風景更談不上。這樣的臺北城，還有人說她好，我倒是頭一次聽說……」

其實，這位小姐數落得都對，我一點也沒法子替臺北城的這些惡德開脫！我也是這些惡德下的「犧牲者」，也寫過不少文章批評、指責……然而，就像自己的父母兄弟，親朋故舊，再怎麼有問題，再怎麼讓人難過，畢竟不掩她的可親可愛、可尊可敬。生斯長斯，晨斯夕斯，風斯雨斯，乃至於棲斯息斯的這塊戀人般的小城、母親般的盆地啊！吃你奶水，在你裙下長大的我，怎能在眾人面前說你的壞話啊！

事隔多時，我已不大記得當天訪談時，是怎麼說盡了臺北的好話，以求爲她「翻供」，乃至「翻案」的了！大體上只記得，我認定臺北好，主要在於她是「人文薈萃之地」、「政教文化的首善之區」，臺灣全省的菁英之士大約十之六七都集中於此了，寶島的文化資源也都竭力傾注於此了！此所以她可以吸引全世界最負盛名的音樂家來演出，最頂尖的藝術家來展覽，最紅最紫的大明星來作秀……她的大學最多最好，她的文化氣質最高，這些，都不是其他城市可以望其項背的，即使只作爲一個文化人，我又怎能不愛臺北？

雖然，以上所說都是事實，但臺北城確有其美感，只不過這美卻遠在二十年前！那是她的本色美，還沒有被工商市儈氣所俗化所汚染的靈性美，而我，正是那個年代的見證人，且是以一個青少年人的細嫩敏銳的觸角，所能完全捕捉到的那種靈性之美！我之成爲一個文學工作者、一個自命有著詩人氣質也確實寫過不少詩歌的人，正是和臺北當年那股子靈性之美所碰撞出來的火花，所互放出來的光亮。別人也許可以忘記臺北曾經的美，但要我忘記，那就像要女人忘記初戀，要孤兒忘記媽媽一樣難！

臺北有好幾處我最難忘的地方，而她們都和青少年時代學生的生活有關。中學時我唸士林中學，從家門口到校門口，正好是由中山北路，繞過圓山、劍潭，途經芝山岩，一直開到接近老總統官邸附近的一條風景線！這條風景線二十年前還未受到立體交叉高速公路的「凌遲」，也沒有那麼濃密的空氣污染和廢水問題，放眼望去，仍是一片清新，無限好景！中山北路本是臺北的通都大道，日本人爲了連接總督府和神社而特別舖設的，在沒有敦化南北路以前，她是最美麗，也最有異國情調的大馬路了！她兩邊的林蔭蔽天，林蔭下又有被花枝葉影掩映著的西文書店。而美軍顧問團的存在，又帶來了類似《蘇絲黃世界》那樣的殖民地風情——酒吧自是少不了的，在當時，吧娘和美國水兵摟摟抱抱的鏡頭也是不可少的。夜晚的霓虹燈彩、英文字母、西點麵包，聖誕節前的火樹銀花，平克勞斯貝的銀色聖誕……這些構成一種異國風景，頹廢，確實，但也不無一分異色之美！瘂弦先生的名詩寫到「德惠街」說：「或河或星或夜晚，或花束或吉他或春天」（《復活節》），正是那種不可名狀，卻深深吸引人的異色美！

那時的基隆河沒有什麼污染，河堤兩旁也沒有築上又「殺」風景、又醜陋的「柏林圍牆」。站在河堤上往對岸一望，白天則清風徐來，雲影與天光合抱。夜晚則萬家燈火與萬點星光交輝，眞個是風月無邊，風情駘蕩！隔岸的兒童樂園時有「仙樂」飄出，細聽竟是「詩情畫意」，伴著樂園深處的陣陣嘩笑傳來，更令人有置身仙境之感。而中山橋的古典風姿仍維持其貴族式的優雅，華燈初上時，有人影雙雙，情話喁喁，而絕無高速立體交叉道上之車聲呼嘯，擾人清夢！驀擡頭，剛落成的圓山大飯店，以「滕王高閣臨江渚」的豪華氣勢雄踞在臺北頭上，俯視一衣帶水的臺北盆地，在朝暉夕陰中的萬種風情，儼然是「畫棟朝飛南浦雲，珠簾暮捲西山雨」，令人憶及江左豪華，秦淮勝境！而今隔著時間眺望，卻不禁有「閑雲潭影日悠悠，物換星移幾度秋」的滄桑之感了！

沒有高速公路、沒有立體交叉道、沒有大型停車場，基隆河沿著圓山、劍潭一直流下去，沿岸都是山光水色，日影蟬聲。山林深處，有飛簷隱隱，是古剎的鐘聲吧，常令人悠然有出塵之想！多少次，才讀高中的我，每每停下自行車，悄然小立在河邊矮樹叢裡，望著河水悠悠，一面想著古剎靈音，一面卻又想起披頭四的歌聲和亞蘭德倫的俊美，這，正足以說明一個新舊交替時代的形形色色，一個將轉型而未轉型之社會的過渡中的點點滴滴。今天，當我重新經過這條「長而蜿蜒的路」—— the Long and Winding Road 卻是河已不見，水已枯乾，寺已消失，鐘聲已逝！廢河道改成了大型停車場，昔日停車凝望之地已架起了捷運道。正如「披頭」已散，亞蘭已老，所留給我這中年之人的，只有鮑伯狄倫那傷逝在風中的歌聲……

至於我徘徊在這圓山星光下的戀愛，以及徜徉在劍潭河畔的初戀，也像拆了去的兒童樂園一般，永遠化作「詩情畫意」裡的仲夏夜之夢，隨著不斷升上去的汽球，遠遠消失在點點星光點點愁的夜空中去了……那個愛打杏黃小傘的少女呢？那些傘下談心的日子呢？那些橋上數星，橋下呢喃的夜晚呢？曾幾何時，驀然回首，那人已不在燈火闌珊處！

四十年悠悠過去，天光雲影依舊，許多兒時的夢想也已實現。然而物換星移，幾度滄桑，舊地重遊，卻已沒有一條清澈的河水來映照天光，擁抱雲影。壯志雖酬，卻沒有了當年做夢的心情和童稚的單純，臺北由清麗的少女變成了富麗的貴婦，成熟起來的她更見美麗風韻，雍容華貴，只是在歲月的流轉中，在巨型建設的重壓下，華貴如她亦不禁有些倦怠之感，露出些微的疲態了。雖然，歷盡滄桑的臺北仍是美麗動人，風情萬種的。當我和已讀國二，比我還高出一個頭的兒子並立在「新光三越」四十六層的頂樓上向下眺望，萬點燈火交織成千條火龍，妖嬈冶艷，氣象萬千！一瞬間我彷彿瞥見我的童年、少年和青年歲月就在那些星羅棋布的碎金碎鑽鋪成的街道上飛馳而過，帶著那個年代的浪漫與純情，歌哭無端地飛逝在這個小小盆地的夜空中。我的眼有些濕潤，在這「海拔」四十六層的高樓上，沒人看見也沒人懂。比我高出一個頭的孩子還以爲爸爸和他一樣，是偶登高樓不勝暈眩而使然呢……

一九九四・六・十六・〈世界副刊〉

三民叢刊書目

①邁向已開發國家　孫　震著
②經濟發展啓示錄　于宗先著
③中國文學講話　王更生著
④紅樓夢新解　潘重規著
⑤紅樓夢新辨　潘重規著
⑥自由與權威　周陽山著
⑦勇往直前
・傳播經營札記　石永貴著
⑧細微的一炷香　劉紹銘著
⑨文與情　琦　君著
⑩在我們的時代　周志文著
⑪中央社的故事(上)
・民國二十一年至六十一年　周培敬著
⑫中央社的故事(下)
・民國二十一年至六十一年　周培敬著

---

⑬梭羅與中國　陳長房著
⑭時代邊緣之聲　龔鵬程著
⑮紅學六十年　潘重規著
⑯解咒與立法　勞思光著
⑰對不起，借過一下　水　晶著
⑱解體分裂的年代　楊　渡著
⑲德國在那裏？(政治、經濟)
・聯邦德國四十年　郭恆鈺、許琳菲等著
⑳德國在那裏？(文化、統一)
・聯邦德國四十年　郭恆鈺、許琳菲等著
㉑浮生九四
・雪林回憶錄　蘇雪林著
㉒海天集　莊信正著
㉓日本式心靈
・文化與社會散論　李永熾著

㉔臺灣文學風貌　李瑞騰著
㉕干儛集　黃翰荻著
㉖作家與作品　謝冰瑩著
㉗冰瑩書信　謝冰瑩著
㉘冰瑩遊記　謝冰瑩著
㉙冰瑩憶往　謝冰瑩著
㉚冰瑩懷舊　謝冰瑩著
㉛與世界文壇對話　鄭樹森著
㉜捉狂下的興嘆　南方朔著
㉝猶記風吹水上鱗
・錢穆與現代中國學術　余英時著
㉞形象與言語
・西方現代藝術評論文集　李明明著
㉟紅學論集　潘重規著
㊱憂鬱與狂熱　孫瑋芒著
㊲黃昏過客　沙　究著
㊳帶詩蹺課去　徐望雲著
㊴走出銅像國　龔鵬程著
㊵伴我半世紀的那把琴　鄧昌國著
㊶深層思考與思考深層　劉必榮著
・轉型期國際政治的觀察
㊷瞬　間　周志文著
㊸兩岸迷宮遊戲　楊　渡著
㊹德國問題與歐洲秩序　彭滂沱著
㊺文學關懷　李瑞騰著
㊻未能忘情　劉紹銘著
㊼發展路上艱難多　孫　震著
㊽胡適叢論　周質平著
㊾水與水神
・中國的民俗與人文　王孝廉著
㊿由英雄的人到人的泯滅
・法國當代文學論集　金恆杰著
51 重商主義的窘境　賴建誠著
52 中國文化與現代變遷　余英時著

⑧⑤訪草（第一卷）

陳冠學 著

本書是作者於田園生活中所見所感之作，內有田園畫，有家居圖，有專寫田園聲光、哲理的卷軸。喜愛大自然田園清新景象的讀者，將可從中獲得一份未曾預期的驚喜與滿足；另有一小部分有關人性與人生哲理的文字，則會句句印入您的心底。

⑧⑥藍色的斷想
．孤獨者隨想錄
A．B．C全卷

陳冠學 著

本書是作者暫離大自然和田園，帶著深沈的憂鬱面對人世之作。一路上你將有許多領略與感觸，時或有天光爆破的驚喜；但多數時候，你的心頭將披著一襲輕愁，甚或覆著一領悲情。這是悲觀哲學，卻是被熱情、關心與希望融化了的悲觀哲學。

⑧⑦追不同的永恆

彭歌 著

本書是《聯合報》副刊上「三三草」專欄的結集。作者以其犀利的筆鋒，對種種社會現象痛下針砭，冀望這些警世的短文，能如暮鼓晨鐘般，在這變亂紛乘的時代，起著振聾發聵的作用。

⑧⑧紫水晶戒指

小民 著

俗世間的珍寶，有謂璀燦的鑽石碧玉，有謂顯榮的列鼎封侯。其實生活就是人生最美的寶物，不假外求。非常喜愛紫色的小民女士，以她一貫親切、自然的文筆，輯選出這本小品，好比美麗的紫色禮物，要獻給愛好文學也愛好生活的您。

⑧⑨心路的嬉逐

劉延湘　著

本書筆調清新幽默，論理深刻而又能落實於生活踐履。走一趟作者精心安排的「心路」之旅，您將莞爾一笑，心情頓時開朗。而您也將發現，原以為只是一條山間小路，結果卻是風景優美，鳥語花香的舒坦大道。

⑨⓪情書外一章

韓秀　著

情與愛是人類謳歌不盡的永恆主題，它為空虛貧乏的現代生活加添了無數的色彩。本書記錄下了作者在日常生活中感受到的親情、愛情、友情及故園情，在書中點滴的情感交流裡，在這些溫馨的文字中我們是否也能試著尋回一些早已失去的東西。

⑨①情到深處

簡宛　著

本書是作者旅美二十五年後的第二十五本結集。身為一個教育家，作者以其溫婉親切的筆調，寫出篇篇充滿溫情的佳構，不惟感動人心，亦復激勵人性。將愛、生活與學習確實的體驗，眞正感受到人生的有情，生命也因此生意盎然。

⑨②父女對話

陳冠學　著

一位老父與五歲幼女徜徉在山林之間，山林蓊鬱，山泉甘冽，這裡自有一份孤獨的甘美。本書是記述作者父女在人世僻靜的一個角落，過著遺世獨立的生活的文字畫。舉世滔滔，這應是一面明鏡，堪供讀者對照。

⑨③ 陳冲前傳

嚴歌苓 著

在好萊塢市場，多少人一夜成名直步青雲，又有多少人一朝雲中跌落從此絕跡銀海。身爲一個中國人，陳冲是經過多少奮鬥與波折，身爲一個聰慧多感的女子，她又是經過多少的心路激盪，才能處於這洶湧波濤中。本書將爲您娓娓道出陳冲的故事。

⑨④ 面壁笑人類

祖慰 著

本書是有「怪味小說派」之稱的大陸作家祖慰，在巴黎面壁五年悟得的佳構。他的散文神遊八荒，情貫萬里，將理性的思維和非理性的激情雜揉一起。讀其作品既能吸收大量的科普知識，又可汲取其飄逸文風的美感享受。

⑨⑤ 不老的詩心

夏鐵肩 著

夏先生一生從事文化工作，大半心力都用在鼓勵培植有潛能的青年人，助他們走上文學貢獻之路。而他本身亦創作出不少的長短佳文。本書收錄計有：詩詞小品、散文、方塊評論等。作者一顆不老的詩心，洋溢在篇篇佳構中。

⑨⑥ 雲霧之國

合山究 著

使中國風土之特殊性獨具一格的，與其說是天地的廣大，不如說是因塵埃、雲煙等而爲之朦朦朧朧的自然空間吧！精氣、神仙、老莊、龍、山水畫、奇書等，其產生是有如何玄妙的根源啊！就以「雲霧」爲起點，讓我們一起走進這美麗幻夢般的世界。

⑨⑦北京城不是一天造成的

喜樂　著

打從距今七百五十多年前開始，北京城走進歷史的繁華紛亂。現在，且輕輕走進史册中尋常百姓的那頁，一盞清茶、幾盤小點，看純中國的插畫、尋純中國的足跡。由博學多聞的喜樂先生做嚮導，就讓你我在古意盎然中，細聆歲月的故事。

⑨⑧兩城憶往

楊孔鑫　著

霧裡的倫敦、浪漫的巴黎，除此之外，這兩城你可還留有其他印象。本書是作者派駐歐洲新聞工作二十多年的記錄。透過作者敏銳的筆觸，且讓讀者徜徉在花都、霧城的政經社會、文化藝術、風土人情以及歷史背景中。

⑨⑨詩情與俠骨

莊因　著

一顆明慧的善心與眞摯的情感，經過俠骨詩情的鑄煉，將生活上的人情世事，轉化爲最優美動人的文句，呈現出自然明朗瀟脫的風格。文學對於作者而言，不僅是興趣，更是他的生命，但他不泥古而創新，在其文章中俯首可拾古典與現代的完美融合。

⑩⑩文化脈動

張錯　著

「我是一個文化悲觀者，因爲我個人一直堅持某種希臘式的古典禮範，而這種文學或文化古典禮範，已日漸有如夫子當年春秋戰國的禮崩樂壞。」作者就是以這顆悲憫的心，用詩人敏銳的筆觸，深刻而熱切的批判著臺灣的文化怪象。

⑩① 桑樹下

繆天華 著

本書是作者在斗室外桑樹蔭的綠窗下寫就的小品散文。作者試圖在記憶的深處，尋回那些感人甚深的、發人深省的、或者趣味濃郁的人文逸事，不惟激勵讀者高遠的志趣，亦能遠離消沈、絕望的深淵。

⑩② 牛頓來訪

石家興 著

本書爲作者三十多年來從事科學工作的心情寫照，包括思想、報導、論述、親情、遊記等等。文中處處流露出作者對科學的執著與熱愛，及超越科學之外的人文情懷，篇篇清新雋永，理中含情，情中有理，爲科學與文學的結合，作了一番完美的見證。

⑩③ 深情回眸

鮑曉暉 著

作者生長在一個顛沛流離的時代，雖然歷經千辛萬苦，但行文於字裏行間，卻不見怨天尤人；有的只是對以往和艱苦環境奮鬥的懷念及對現今生活的珍惜，以及世間人事物的觀照及關懷。做爲一本懷舊之作，或是清新的生活小品，本書皆爲上乘之作。

⑩④ 新詩補給站

渡也 著

你寫過新詩嗎？你知道如何寫一首具有詩味的新詩？本書是由甫獲得「創世紀四十周年創作獎」的詩人兼詩評論家渡也先生，深入而精闢的剖析一首新詩的形成過程，指導初學者從如何造簡單句到如何寫出一首詩，是一本值得新詩愛好者注意的書。

⑮鳳凰遊

李元洛 著

一生從事古典與現代詩論研究的大陸學者李元洛先生，如何在放下嚴肅的評論之筆，轉而用詩人細膩的筆觸，摹寫山水大地的記行，以及人生轉蓬的寄悵，書中句句是箴語、處處有眞情，値得您細品。

⑯文學人語

高大鵬 著

忙碌的社會分散了人們的注意力、淡化了人們對身旁人事物的感情，任由冷漠充塡在你我四周……而本書的作者以感性的筆觸，表達了自己對身旁人事物的眞心關懷，以平實的文字與讀者分享所遇所感，無疑是給每個冷漠的心靈甘霖般的滋潤。

⑰養狗政治學

鄭赤琰 著

身處地理、政治環境特殊的香港，作者藉由動物的百態來反諷社會上種種光怪陸離的政治現象，在其輕鬆幽默的筆調背後，同時亦蘊含了嚴肅的意義。這一則則的政治寓言，讀之不僅令人莞爾一笑，更具有發人深省的作用，批判中帶有著深切的期盼。

⑱烟塵

姜穆 著

作者是一位出生於貴州的苗族人，卻意外的捲入戰爭。在臺娶妻生子後，所抒發對戰亂、種族及親人的眞誠關懷。內容深沈、筆觸淸新，充分顯露在生活的烈焰煎熬下，早已視一切如浮雲，淡泊名利，將其一生的激越昂揚盡付千里烟塵中。

⑲ 河　宴

鍾怡雯　著

人間繁華的請柬處處，不如赴一場難得的野宴。聽一回水的演奏、看一場山的表演，再來細細品味鍾怡雯為您端出來的山野豐盛清淡的饗宴——極盡可口的綠、十分道地的藍，以及不加調味料的白。

⑩ 滬上春秋

章念馳　著

章太炎，這位中國近代史上的思想家、政治家，曾因領導戊戌變法失敗而流亡海外。他雖是浙江餘姚人，卻有大半輩子的歲月是在上海度過。本書是由章太炎的嫡孫章念馳先生，從家族的口述和史料中，完整的敍述章太炎的這段滬上春秋。

⑪ 愛廬談心事

黃永武　著

每個人心中都有一枝彩筆，然而在趕遠路、忙上班的歲月裏，枕頭上的日升月降中，像拋來擲去的跳丸，彩筆就這樣褪去了顏色……本書作者在辭去沈重的教職和繁雜的行政工作後，重拾心中的彩筆，為您宣說一篇篇的文學心事。

⑫ 吹不散的人影

高大鵬　著

時代替換的快速，不知替換了多少人生舞臺上出現剎那的面孔；而人類，偏又是最健忘的族群。本書中所收錄的文章，均是作者用客觀的筆，為曾替人類社會或文化默默辛勤耕耘的「園丁」們，做最眞實的文字記錄。

⑪³ 草鞋權貴

嚴歌苓 著

曾經叱吒風雲的老將軍，是程家大院的最高權威，九個承繼他刁鑽聰明的兒女，則個個心懷鬼胎……一個來自鄉下的伶俐女孩，被命運的安排，走入這權貴世家。威權的代溝、情份的激盪、所有內心的驕傲與傷痛，這會是怎樣的衝突，怎樣的一生？

⑪⁴ 是我們改變了世界

張 放 著

從事文學藝術的工作者是「人類靈魂的工程師」。如果作家不能提高廣大讀者的精神生活品質，而僅爲娛樂人心、滿足人們的好奇和刺激。那麼與馬戲團的小丑或兜售春藥的小販何異？故而作者不禁要問：是我們改變了世界，還是世界改變了我和你？

⑪⁵ 夢裡有隻小小船

夏小舟 著

日本人參加婚禮愛穿黑色、日本料理味輕單調、日本人性格分ABCD、還有情書居然可以賣……於日本教書的大陸作家夏小舟，在本書除了告訴你作者旅日的見聞趣事外，也且隨她乘坐那夢裡的小小船，航行向那魂縈夢遷的故國灣港中。

⑪⁶ 狂歡與破碎

林幸謙 著

你可曾聽過溯河魚的傳統？憑著當初離開河源的記憶，激勵著牠們回到了河川盡頭的故鄉。寧願冒著生命的危險，也不願成爲溫暖海洋中的異鄉客。本書作者由溯河魚的傳統，引入海外華人的悲調，一種狂歡與失落、破碎而複雜的心靈面貌。

⑪⑦ 哲學思考漫步

劉述先　著

同樣的環遊世界旅行，企業家看到的是廣大的市場和商機；觀光客沉迷的是風景名勝和購物；文人墨客則歐詠人類史蹟與造物的奧祕。而哲學家呢?本書作者以其敏銳的邏輯思考，在具體的形象世界中悠遊漫步。期待您經由本書而拓寬自己的視野。

國立中央圖書館出版品預行編目資料

吹不散的人影／高大鵬著.--初版.--
臺北市：三民，民84
面；　公分.--(三民叢刊；112)
ISBN 957-14-2162-6 (平裝)

855　　　　84001315

著作人　高大鵬
發行人　劉振强
著作財產權人　三民書局股份有限公司
臺北市復興北路三八六號
發行所　三民書局股份有限公司
地　址／臺北市復興北路三八六號
郵　撥／〇〇〇九九九八——五號
印刷所　三民書局股份有限公司
門市部　復北店／臺北市復興北路三八六號
重南店／臺北市重慶南路一段六十一號
初　版　中華民國八十四年三月
編　號　S 85283
基本定價　肆元
行政院新聞局登記證局版臺業字第〇二〇〇號

ISBN 957-14-2162-6 (平裝)

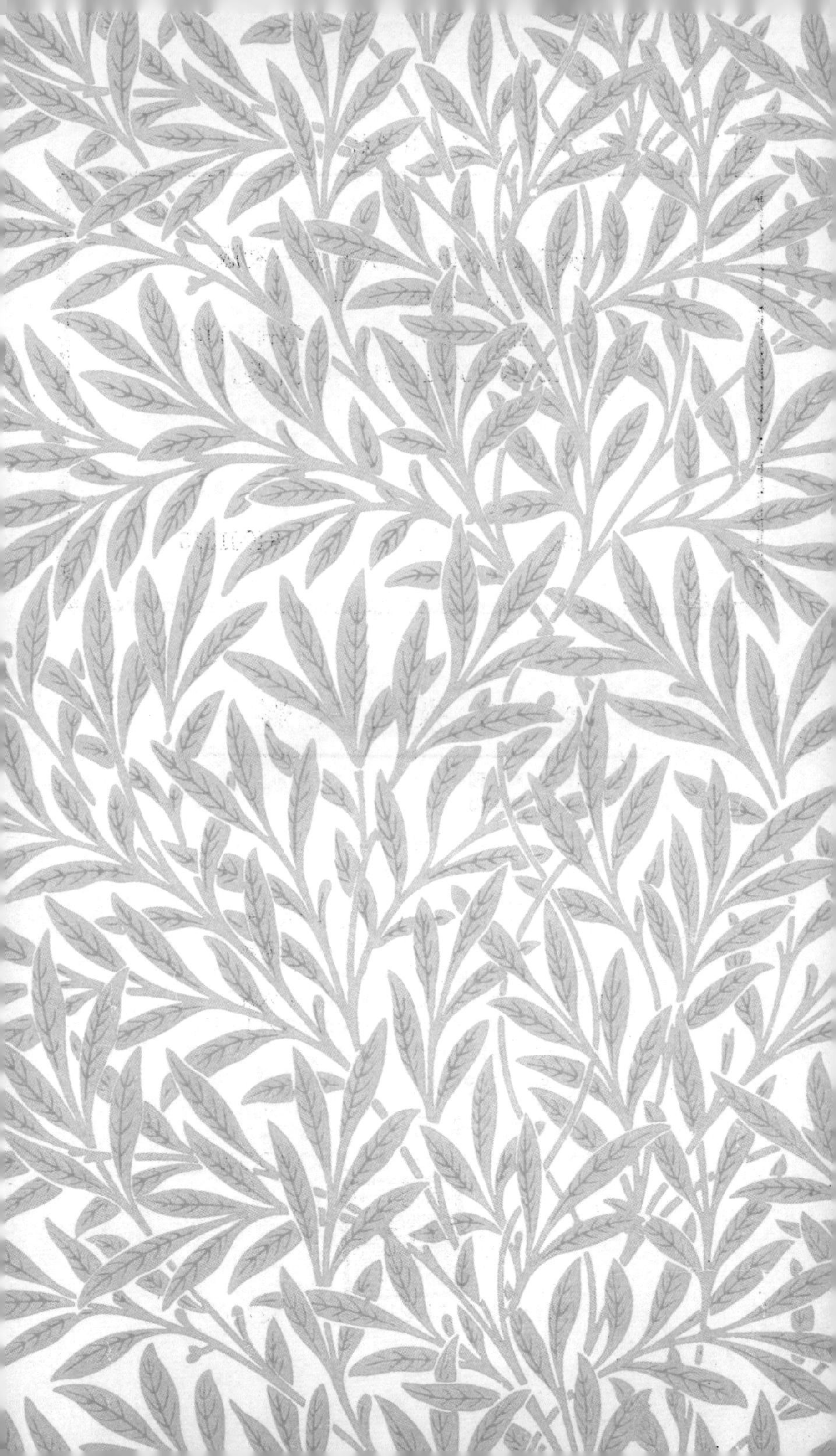